Gehütete Geheimnisse

Eine Erzählung

Timm H. Lohse

Bibliografische Information Der Deutschen Bibliothek

Die Deutsche Bibliothek verzeichnet diese Publikation in der Deutschen Nationalbibliografie, detaillierte bibliographische Daten sind im Internet über dnb.d-nb.de abrufbar.

ISBN 9783739213590

November 2015

Herstellung und Verlag: BoD – Books on Demand, Norderstedt

Was ich von ihm weiß, ist wenig genug, und das Wenige fand und finde ich schon so bedrückend, dass ich nie gewagt habe, weitergehend nachzufragen. Ein einziges Mal hat er mir einen kurzen Bericht gegeben, bevor wir zu meinen Eltern gingen, um ihnen zu sagen, dass wir heiraten wollen. Das klang damals tatsächlich wie ein nüchterner Anamnesebericht, den ich zur Kenntnis nahm. In der Art, wie er mir den vortrug, klang es im Unterton so: Bitte frag mich nie wieder danach. Und das habe ich respektiert, bis gestern dieser Besuch von den Christophersens aus Gadelund in unser Haus platzte.

„Was ist dir, Sünje?"

„Ich kann nicht einschlafen, Ties."

Ties setzt sich auf und zieht Sünje zu sich heran.

„Weißt du, dieser Besuch gestern, die Christophersens aus deiner früheren Heimat, das hat mich tief bewegt und eine Unruhe in mir ausgelöst. Ich hab dich damals, als wir uns kennenlernten, nur einmal nach deiner Kindheit und frühen Jugend gefragt, und so, wie du mir damals geantwortet hast, wagte ich es nicht, tiefer in dich zu dringen. –

Aber gestern, als du mit Horst Christophersen ins Gespräch kamst – ihr Beide in euerm breiten, kehligen, nordfriesischen Platt – da warst du mir irgendwie fremd, nein, anders: Mir wurde bewusst, den Ties kenne ich nicht. Ich hörte dich in einer Sprache reden und erzählen und lachen und schweigen, ja auch dein Schweigen war anders. Da spürte ich, das ist seine Muttersprache. Da ist er wieder Kind oder Jugendlicher. Das ist aus der Zeit, von der ich nichts weiß. Und zugleich warst du so lebendig. Da lebte was in dir auf, was über all unsere Jahre nicht gelebt hat oder nicht leben durfte – ich weiß es nicht. Ich habe kaum etwas verstanden. Ich kann kein Platt. Und dieses nordfriesische verstehe ich schon gar nicht. Weißt du, ich will sie kennenlernen, deine Kindheit, deine Jugend. Sonst kenne ich dich nicht ganz. Ich war fasziniert von den Lauten, die an mein Ohr drangen. Ich ließ mich nur zögernd auf das Gespräch mit Heike Christophersen ein. Sie fragte mich nach unseren Kindern und erzählte von ihren. Und als ich ihr von Marten erzählte, da berichtete sie mir von ihrer Arbeit in der beschützenden Werkstatt, in der sie und auch Horst arbeiten. Und dann konnte ich euch gar nicht mehr zuhören. –

Seit wir im Bett liegen, gehen mir die Gedanken nicht aus dem Kopf:

Das Kind Matthias, der Jugendliche Ties – wer ist das, was hat er getrieben? Und seine Eltern? Wie war das alles? Wo hat Ties das gelassen? Warum hast du das verlassen und willst es nicht mehr zulassen?" –

„Gut. Sünje. Ich will und bin bereit, diese Tür zu öffnen. Du betrittst eine gewesene Welt, in die ich mich, seit ich dich kenne und mit dir und den Kindern lebe, nur noch gelegentlich verirre.

Mein Vater stammt aus dem Württembergischen, aus Heilbronn, war Arzt und absolvierte einen Teil seiner Facharztausbildung am nordfriesischen Kreiskrankenhaus. Dort begegnet er meiner Mutter, einer 15-jährigen Schwesternvorschülerin, er 28. Ich kann dir nicht sagen, wie es dazu gekommen ist, Fakt ist, dass meine Mutter von ihm geschwängert wird. In der damaligen Zeit und in der Gegend eigentlich eine Katastrophe und juristisch „Unzucht mit einer Minderjährigen und auch Abhängigen", denn sie war auf seiner Station eingesetzt.

Ihr Vater, mein Großvater, ein ehrbarer und geachteter Bauer und auch Kirchenältester in Schafsbüll, nimmt die Sache in die Hand und regelt sie nach seiner Art und Vorstellung:

Abtreibung kommt für ihn nicht in Frage, also wird meine Mutter aus der Ausbildung genommen und zu ihrer Tante Christine, einer Schwester ihrer Mutter, nach Tønder ge-

bracht. Dort wird sie im Hause gehalten bis zur Entbindung. Deshalb mein Geburtsort „Tønder" und nicht
„Schafsbüll ".

Mein Großvater nimmt sich den Erzeuger, meinen Vater,
zur Brust und handelt mit ihm knallhart einen Vertrag aus –
ich habe ihn im Nachlass meines Großvater-Vaters gefunden und gelesen. Mein leiblicher Vater verpflichtet sich,
sofort wieder nach Süddeutschland zurückzukehren und
niemals wieder Kontakt mit meiner Mutter oder später dann
mit mir aufzunehmen. Gleichzeitig verpflichtet er meinen
leiblichen Vater, bis zum Ende meiner Ausbildung monat-
lich einen Betrag von eintausend DM auf ein Treuhandkon-
to zu zahlen. Im Gegenzug erhält er jährlich eine „Lebens-
bescheinigung", später stets das Versetzungszeugnis und
eine entsprechende Abrechnung.
Mein leiblicher Vater war ein erfolgreicher Schönheitschi-
rurg in der Gegend von Stuttgart, und war, soweit ich weiß,
nie verheiratet, verunfallte jedoch mit seinem Porsche auf
einer Alkoholfahrt tödlich, als ich 17 Jahre alt war. Damals
hoffte ich gerade und hatte schon in Gedanken damit gespielt, ihn mal aufzusuchen. Nach seinem plötzlichen Tod
erbte ich sein gesamtes Hab und Gut. Dieses Vermögen hat

uns später den mühelosen Start hier in Anderstedt ermöglicht.

Meine leibliche Mutter lernte Dänisch, nahm die dänische Staatsbürgerschaft an, brachte ihre Krankenpflegerin-Ausbildung zu ende, heiratete dann einen Lehrer und zog mit ihm nach Svendborg auf Fyn und wurde fünfmal Mutter.

Diese „Lösung" wurde offen im Dorf präsentiert und schließlich auch akzeptiert, so dass ich niemals hinterhältig oder bösartig auf meine Herkunft angesprochen wurde. Und da ich mich ausgesprochen wohl bei meinen Vizeeltern fühlte, kamen mir auch keine grüblerischen Gedanken."

„So ähnlich, nicht so ausführlich hast du es mir damals erzählt, Ties. Aber das sind doch nur die äußeren Fakten. Hast du als Kind, als Jugendlicher nie eine Sehnsucht, ein Verlangen gespürt, deine leibliche Mutter kennenzulernen? Ist sie nie wieder in Schafsbüll gewesen? Haben ihre Eltern, deine Großeltern, deine Vizeeltern nach der Entbindung keinen Kontakt mehr zu ihr gehabt? Wurde nie über sie gesprochen, von ihr erzählt? Fotos geschickt? Oder wurden ihr Fotos von dir geschickt? Briefe geschrieben?

Von deiner Entwicklung berichtet? Tausend Fragen, ich weiß. Aber ich kann mir das nicht wirklich vorstellen -."

„Nordfriesisches Platt ist meine Muttersprache. Nicht ganz korrekt: Meine Mutter hat mich diese Sprache nicht gelehrt. Das Sprechen habe ich bei Modder-Mia und bei Vadder-Hans gelernt. In unserem Haus, im ganzen Dorf wurde nur Platt gesprochen. Platt ist meine Kind-Sprache, meine sprachliche Heimat. Eine schlichte, unkomplizierte, direkte, warmherzige und irgendwie immer humorvolle Art sich auszudrücken, sich verstehen zu geben, mit dem anderen zusammen das Leben zu bejahen und in Frage zu stellen. Auf Platt kann man sich auch unmissverständlich die Meinung sagen, wird sich aber niemals hinreißen lassen, den anderen bösartig zu erniedrigen.

In dieser meiner plattdeutschen Welt existiert meine leibliche Mutter nicht. Da lebe ich mit Modder-Mia und Vadder-Hans, mit Drees, dem Nachbarjungen in etwa in meinem Alter, mit Pastor Johannes Rohwedder und dem Dorflehrer Hauke Nielsen, dem Landarzt Dr. Petersen, dem Höker Hermann Christiansen, dem Schmied Lars Oldsen und mit unserem langjährigen Dienstmädchen (so nannte man das damals) Elfriede Ketelsen, später verheiratete Christophersen. Da waren noch andere Dorfkinder, mit denen war ich nur während der Grundschulzeit zusammen; mein Kindheits- und Jugendfreund war Andreas Carstensen, genannt Drees, der leider bereits mit 25 Jahren an einem fulminanten Herzinfarkt starb."

„Aber deine leibliche Mutter? Wieso taucht die da nicht auf?"

„Von klein auf an kannte ich: Modder-Mia und Vadder-Hans – das waren die mir vertrauten Bezugspersonen. Und die waren sehr gut zu mir. Modder-Mia war eine meist stille, stets freundlich-aufmerksame Frau, die mich verlässlich umsorgte und vor allem: mich teilhaben ließ an ihrem Leben. Neben der häuslichen Wirtschaft war der Gemüse- und Blumengarten ihr Lebensinhalt. Sie hat mich in die Pflanzen- und Tierwelt eingeführt, mich die Geheimnisse des Wachsens und Gedeihens gelehrt und die Freude des Erntens. Ich denke bis heute mit großer Bewunderung an diese einfache, und doch so schlicht gebildete Frau zurück. Da könnte ich dir lange und viel erzählen."

„Hat sie dir denn nie von deiner leiblichen Mutter erzählt?"

„Doch, sehr früh schon hörte ich die Erzählung, mit der mein Dasein erklärt und gerechtfertigt wurde, und zwar von Modder-Mia und Vadder-Hans. Und alle im Dorf respektierten diese Erzählung und – so sehe ich es heute – wagten es nicht, sie mir gegenüber oder hinter vorgehaltener Hand in Frage zu stellen – wegen der Hochachtung, die mein Großvater als fortschrittlicher Landwirt, als Kirchenältester, als Freund des Dorfpastors und Schulmeisters und als engagierter Vertreter der Bauernpartei im Kreistag genoss.

Mir war von Kindesbeinen an klar: Meine Mutter war mit 15 Jahren zu jung, um mit einem Kind zu leben, zumal der Erzeuger sie „betrogen" hatte und als Vater und Ehemann nicht in Frage kam. Um das Leben des jungen Mädchens doch noch auf eine gute Bahn zu bringen, verlässt sie Schafsbüll und auch Deutschland und wird behutsam auf ein neues Leben in Dänemark vorbereitet. Das Kind, also ich, wird von ihren Eltern adoptiert und in Schafsbüll großgezogen. Sie braucht sich nicht um das Kind zu kümmern; sie will es auch nicht, sowenig sie die Schwangerschaft wollte. Abtreibung, das sagte ich dir bereits, war für sie aus religiösen und moralischen Gründen keine Option, auch für ihre Eltern nicht. Ihre Mutter war während der Schwangerschaft sehr oft bei ihr in Tønder, auch während der Entbindung und in den Wochen danach, bis sie mit mir als Säugling nach Schafsbüll zurückkehrte.

Meine leibliche Mutter hat mich nach der Geburt nicht sehen wollen und hat mich auch nicht gestillt. Die Muttermilch wurde abgepumpt und mir im Fläschchen gereicht. Mutter ist für mich: Modder-Mia und nicht Catherine Jensen verheiratete Sørensen.

Von Angesicht zu Angesicht habe ich Catherine erst mit 15 Jahren gesehen. Im Haus meiner Vizeeltern stand auf der Vitrine im Wohnzimmer nur ein Foto von ihr als Konfirmandin.

Meine leibliche Mutter ist während meiner Zeit nicht wieder in Schafsbüll gewesen: Das stimmt nicht ganz: zur Beerdigung von Modder-Mia und Vadder-Hans kam sie mit ihrer ganzen Familie nach Schafsbüll, aber dazu später.

In der Vorschulzeit war für mich die Welt in Ordnung, und ich stellte auch keine Fragen. Mir ging es gut – zuhause und im Dorf. Etwa mit drei Jahren brachte mich Vadder-Hans zu unserem Dorfpastor, Johannes Rohwedder, ‚Hannespaster‘ (wie man im Dorf sagte), ich sollte bei ihm gutes Hochdeutsch lernen, vor allem eine richtige Aussprache ohne Akzent. An vielen Vormittagen war ich bei ihm, so von neun bis halb elf; er hat mir vorgelesen – aus Büchern und aus der Zeitung – immer so spannende Sachen, dass ich bald Lust hatte, selber lesen zu lernen, und tatsächlich konnte ich schon fließend lesen, als ich eingeschult wurde.

Und Schach hat er mir beigebracht. Meine Faszination für dieses Spiel hat dort seine Wurzeln.

Bei Hannespaster lernte ich auch den Dorfschullehrer, Hauke Nielsen, kennen, der im Nebenamt die Orgel in der Dorfkirche schlug. Oft bin ich nachmittags mit dem Schulmeister in der Kirche gewesen, auf dem Orgelboden, neben ihm auf der Orgelbank. Sehr bald schon als Helfer beim Orgelstimmen, da ich kleiner Wicht viel besser als er an alle Orgelpfeifen herankam. Es dauerte nicht lange, bis ich die erste Orgeltaste anschlug. Dann, nach der Einschulung, begann ich, das Orgelspiel zu erlernen. Das kleine Orgelpositiv in meinem Arbeitszimmer begleitet uns schon durch all die Jahre – hier nahm es seinen Anfang.

Dann war da noch der Dorfschmied Lars Oldsen. Für die Bauern gab es als Schmied kaum noch etwas zu tun, so hatte er sich auf das Kunstschmieden verlegt: Gartenpforten und –zäune, Kerzenständer und Türbeschläge. So gern ich ihm beim Schmieden zusah, vielmehr reizte es mich, mit ihm jeden Sonnabend vor dem Abendläuten den Kirchturm zu besteigen und ihm beim Aufziehen der Uhrgewichte zuzuschauen. Und wie er das Uhrwerk pflegte. Nach seinem Tod wurde alles auf Elektrisch umgestellt, da besuchte ich bereits das Gymnasium. Und dann war da noch Hermann Christiansen, ein Dorfladen, wie es ihn heute nicht

14

mehr gibt: alles konnte man bei ‚Hermann Höker‘ kaufen. Und wenn er mal etwas nicht da hatte, besorgte er es für den nächsten Tag. Zu den offiziellen Ladenöffnungszeiten kam man „von vorne“ in seinen Laden, nach Ladenschluss ging man einfach zur Wohnungstür rein und wurde selbstverständlich bedient. Mich faszinierte seine alte Gewichtswaage: auf der einen Seite die Ware, auf der anderen die Gewichte – bis runter zu 1 Gramm.

Ich war in keiner Kindertagesstätte, aber ich lebte in einem Garten, der für mich als Kind paradiesisch war. Ich vermisste nichts, - auch nicht meine leibliche Mutter. Nicht einen Gedanken verschwendete ich auf sie. Und von Vaterfiguren war ich ringsum umgeben, sodass mir mein leiblicher Vater überhaupt nicht in den Sinn kam, zumal ich auf Beide nicht angesprochen wurde.

Das änderte sich kurz vor meinen ersten Sommerferien. Meine Eltern eröffneten mir, dass ich in diesen Ferien für 14 Tage zu Tante Lisa, der Schwester meines Großvater-Vaters, nach Amrum zur Erholung sollte. Wir hatten Tante Lisa in ihrem Ferienheim für Kinder auf Amrum schon mehrmals besucht, nun aber sollte ich allein dort weilen, da – und jetzt kommt's - sie, Vadder-Hans und Modder-Mia während dieser Zeit zu ihrer Tochter, also meiner leiblichen Mutter, nach Dänemark fahren wollten. In meiner Erinnerung fand ich das vollkommen in Ordnung, nahm keinen Anstoß daran, dass sie mich nicht mitnahmen zu meiner leiblichen Mutter. Die, das hatte ich ja gehört, wollte mich gar nicht haben. Die fehlte mir auch nicht. Zu der hatte ich keine Sehnsucht. Und auf die Zeit bei und mit Tante Lisa auf Amrum freute ich mich sofort, das überwog eindeutig. Das andere war mir irgendwie klar: Eltern besuchen ihr Kind: Modder-Mia und Vadder-Hans waren ja schließlich die Eltern ihrer Tochter Catherine.

Ich weiß noch, als sie und ich zurück waren in Schafsbüll, da zeigten sie mir ein Foto. Ich sah einen Mann mit Bart, der war mir fremd. Dann eine Frau mit drei Kindern um sich (später waren es dann fünf), ein Zwillingspärchen, Mädchen mit langen Zöpfen, und einen kleinen dicklichen Jungen. Das war da alles auf dem Fotopapier. Ich hatte kein Gefühl für sie, keine Beziehung, kein Interesse. Das Foto habe ich auch nie wieder gesehen, erst im Nachlass von Vadder-Hans fand ich es wieder. Ich meine mich zu erinnern, dass wir weiter gar nicht von ihnen geredet haben, sondern ich vielmehr von den Tagen bei Tante Lisa erzählte.

Dieses sommerliche Ritual wiederholte sich bis zu meiner Konfirmation, also bis ich vierzehn war: wir trennten uns für vierzehn Tage, kamen wieder zusammmen, und alles lief wie gewohnt weiter. Allerdings bemerkte ich, dass zwischen den Eltern und ihrer Tochter ein regelmäßiger Briefverkehr herrschte. Ich kam überhaupt nicht auf die Idee, ihr, also meiner leiblichen Mutter, zu schreiben. Der Wunsch, sie aufzusuchen, reifte in mir erst mit knapp 15 Jahren.

Hier, meine ich, Sünje, halte ich mal inne. Das war meine Kindheit. Was dann kam, möchte ich dir morgen erzählen. Jetzt sollten wir noch ein wenig Schlaf finden, um einigermaßen fit für morgen zu sein."

„Ich weiß nicht, ob ich schlafen kann. Aber ich sehe ein, dass wir noch viel Zeit brauchen. Und morgen beginnen ja die Ferien, letzter Schultag. Du hast auch nicht so viel in der Praxis zu tun, hast du mir gesagt."

„Ja, wir können uns um ein Uhr beim Italiener treffen, essen und danach einen Spaziergang durch den Park machen."

∞

Nun lag Ties wach, und seine Gedanken kreisten um sein liebes Leben in Schafsbüll.

17

Dass er dann doch mal stutzig wurde und seine kleine heile Welt hinterfragte, begann mit einem Gespräch mit der Mutter seines Klassenkameraden Thomas.

Zur Weihnachtsfeier des Gymnasiums, das er jetzt in der 5. Klasse besuchte, sollte Ties bei der Aufführung einer Kantate der Unterstufe das Orgelpositiv spielen. Nun waren die Busverbindungen nach Schafsbüll nicht so ausgelegt, dass er nach Unterrichtsschluss nach Hause und zur Feier um 16 Uhr wieder in der Stadt sein konnte. Daraufhin lud ihn Thomas zu sich nach Hause ein. Beim Mittagessen fragte die Mutter nach seinen Eltern. Ties erzählte, wie gewohnt, zunächst von seinen Großeltern-Eltern, doch die Mutter bestand darauf, etwas von seinen leiblichen Eltern zu erfahren. Zum Glück kam in diesem Moment Thomas' Vater etwas verspätet an den Mittagstisch und sprach ihn auf Platt an. Ja, der freute sich, endlich mal wieder in seinem Haus Plattdeutsch reden zu können. Seine Frau stammte aus Bayern, das konnte Ties hören. Der Vater fragte ihn nach allen möglichen Leuten in Schafsbüll aus; er stammte nämlich aus dem Nachbardorf Gadelund. Die Mutter hatte keine Chance mehr, ihn nach seinen Kontakten und Gefühlen zu seiner leiblichen Mutter zu befragen. Der Vater kannte auch den Schulmeister Hauke Nielsen, war bei ihm eingeschult worden, da es in Gadelund keine eigene Schule gab. So kamen sie auf das Orgelspielen, und dann wurde die Weihnachtsfeier des Gymnasiums in der Marienkirche das Thema.

Das Nachfragen der Mutter ließ Ties jedoch nicht los. Er wurde nachdenklich. Stimmte da irgendetwas in seinem Leben nicht? Was für ihn bisher schlicht selbstverständlich war, war für andere offensichtlich gar nicht selbstverständlich. Er blieb mit seinem Nachdenken allein, traute sich nicht – und das zum ersten Mal – darüber mit Modder-Mia oder Vadder-Hans zu reden. Er war auch unschlüssig, ob er Hannespaster damit kommen durfte, dann eher noch dem Schulmeister. Aber war das fair gegenüber seinen Vizeeltern, die ihm ein so wunderbares Leben ermöglichten? Und was genau würde sich ändern, wenn er mehr über seine leibliche Mutter wüsste? Damals fiel ihm noch nicht auf, dass er nicht an seinen leiblichen Vater dachte, sondern nur an die Mutter.

Modder-Mia fiel seine Nachdenklichkeit auf. Im Garten waren sie unter sich: „Du wullt wat weeten vun diene Modder Catherine." Sie schaute ihn an, und Ties nickköppte. „Ik säch di wat to: wenn du konfermeert büst, schast du

mol hinfohrn to ehr. Ik geev di de Adress. Seeg nümms
nich wat dorvon. Und wenn du dor ween büst, denn sna-
cken wi Beide doröwer." Damit kam Ties zur Ruhe und
dachte nicht mehr an seine Mutter: Es wird die Zeit kommen. Außerdem öffneten sich über das Gymnasium und die
Stadt Lebenswelten für Ties, die ihn rundum beanspruch-
ten; er war neugierig auf die Welt. Ties konnte sich beim
besten Willen nicht daran erinnern, dass er sich mit seiner
leiblichen Mutter beschäftigt hätte; sie spielte für ihn keine
Rolle.

Erst als er in der Bibel, die er zur Konfirmation von seinen
Großeltern-Eltern geschenkt bekommen hatte und darin
einen Umschlag mit der Anschrift seiner leiblichen Mutter
fand, wurden seine Gedanken und Gefühle wieder in diese
Richtung gedrängt. Es dauerte dann noch bis zu den
Herbstferien, ehe er seinen Plan in einen Entschluss um-
setzte: Er wollte seine leibliche Mutter wenigstens einmal
leibhaftig gesehen und gehört haben, erleben, was sich
möglicherweise ereignete, wenn sie sich gegenüberstanden,
hören, was sie ihm zu sagen hatte – oder auch nicht.

Als Ties in seinem Nachdenken über damals jetzt nochmals
an diesen Herbst dachte, bewunderte er seinen Mut, sich
ganz allein mit seinem Fahrrad auf den Weg nach Svend-

borg zu machen und diese Konfrontation zu suchen, sich seiner leiblichen Mutter zu stellen. Was hatte er sich vorgestellt? Eine Sehensfreude? Eine innige Umarmung? Ein herzliches Willkommen? Eine Aufnahme des verlorenen Sohnes? Ties wusste nur, dass er es wollte. Er wollte diese Begegnung. Es war so etwas wie Neugier in ihm:

Vielleicht wird mir erst, wenn wir uns begegnen, klar, ob sie mir gefehlt hat. So spüre ich nichts. Aber vielleicht, wenn wir uns sehen und miteinander reden, dass dann etwas in mir aufbricht. Dass ich dann etwas in meinem Leben vermisse, was ich jetzt noch gar nicht kenne.

Das reizte ihn, deshalb wollte er hin. Kein sehnsuchtsvolles Verlangen drängte ihn, viel mehr das Abenteuer, etwas für sich zu entdecken.

Er malte sich auch aus, was wäre, wenn sie ihn gar nicht empfangen, nicht sehen wollte. Dass ihr Mann ihn einfach wegschickte und er sich trollen sollte. Wussten die Beiden überhaupt, dass er Dänisch konnte, oder würde sie ihn auf Platt anreden? Hochdeutsch? Welche Sprache würden sie finden? Er erinnerte sich, dass er nicht aufgeregt war, sondern einfach nur gespannt, was passieren würde. Er spürte in sich keinen Willen, sich unbedingt mit seiner leiblichen

Mutter versöhnen zu müssen oder sich mit ihr über ihre damalige Entscheidung, die sein Leben in eine so ganz andere Richtung gelenkt hatte, auseinanderzusetzen. Das war, wie es war. Ihm gefiel ja sein Leben, so wie es war. Kam er gedanklich an diesen Punkt, zweifelte er, ob er überhaupt nach Svendborg radeln sollte.

Zuhause erzählte er von seinem Ferienplan, in den Herbstferien eine Radtour durch Nordschleswig zu den Verwandten in Tønder, Tinglev, Haderslev und Aabenraa zu machen. Das gefiel besonders Modder-Mia, denn es waren ihre Schwester und ihre Cousinen und Cousins, die er aufsuchen wollte. Von Svendborg sagte er nichts, aber wie er später nach seiner Rückkehr feststellte, hatten sich die Beiden schon gedacht, dass er auch nach Svendborg fahren würde.

Die Fahrt mit dem Rad von dem Jugendhostel in Faaborg zum Rantzausmindevej in Svendborg hatte Ties in gut einer Stunde hinter sich. Es war ein freistehendes Einfamilienhaus mit einem bunt blühenden Vorgarten, ähnlich wie in Schafsbüll. An der Gartenpforte traf Ties auf eine Frau, die gut seine leibliche Mutter sein konnte. Ties sprach sie auf Plattdeutsch an, daran erinnerte er sich, auch an das erstaunt fragende Gesicht dieser Frau. Ein Tagesgruß, dann sein Name, mehr brachte Ties nicht heraus: ‚Ik bün Ties, Matthias Jensen, ut Schafsbüll.' Die Frau schaute ihn lange stumm an, dann beschied sie ihm auf Hochdeutsch, und das hatte Ties wortwörtlich behalten: „Sei dankbar, dass du lebst. Leb du dein Leben, und lass mich mein Leben leben. Bitte, fahr weiter und komm nicht wieder."

Ohne ein weiteres Wort und mit diesem Satz im Ohr und im Kopf schwang Ties sich auf sein Rad und radelte zurück nach Faaborg und nahm die nächste Fähre nach Gelting in Schleswig-Holstein.

Was hatte die Begegnung ihm gebracht? Die Aussage der Mutter lenkte sein Denken auf Dankbarkeit. Dankbar war Ties für sein Leben, jeden Tag aufs Neue. Kein Zweifel, es ging ihm in Schafsbüll wirklich gut. Nun kam jedoch ein anderer Aspekt hinzu: dankbar zu sein für den Menschen, der ihm sein Leben ermöglicht hatte. Dankbar zu sein für eine Frau, die ihn – wie auch immer – ausgetragen und zur Welt gebracht hatte. Und dass er sich dieser Frau, seiner Mutter, dankbar erweisen könnte und würde, wenn er ihr ihr Leben ließe, sich nicht in ihr Leben drängte, keine weiteren Ansprüche an sie stellte. Sollte er seine leibliche Mutter in seinem Empfinden so einordnen?

Aber hat nicht jedes geborene Kind mehr Ansprüche an seine Mutter, als nur, dass sie ihr Kind getragen und geboren hatte? Nur, worauf hatte ein Kind seiner Mutter gegenüber noch Ansprüche? Damals kam Ties an dieser Stelle nicht weiter. Dazu war er zu jung und – er beanspruchte ja gar nichts.

Dann beschäftigte sich Ties mit der Bitte seiner leiblichen Mutter. Wie sie „bitte" gesagt hatte, das berührte sein Herz. Richtig fassen und begreifen konnte Ties es damals nicht. Für ihn hatte es irgendwie flehentlich, vielleicht verzweifelt geklungen, ohne dass er diesen Eindruck zuordnen konnte.

Nach der Überfahrt legte Ties diese Gedanken beiseite und entschloss sich, vom Fähranleger aus die Nacht hindurch nach Schafsbüll zu radeln. Er wollte zurück in sein altes Leben. Und in diesem Leben brauchte er seine leibliche Mutter nicht. Das Kapitel war nun abgeschlossen für Ties. Weit nach Mitternacht empfing ihn Elfriede in Schafsbüll, und das war sehr schön für Ties.

∞

Auf dem Anrufbeantworter seiner Praxis hörte Ties die Nachricht von Frau Lena B., dass sie den vereinbarten Termin nicht wahrnehmen könne, da sie in einen Verkehrsunfall verwickelt sei; nicht schlimm für sie, als Zeugin müsse sie jedoch noch vor Ort bleiben.

Ties lehnte sich zurück, und seine Gedanken suchten den Anschluss an das nächtliche Gespräch mit Sünje und seinen Gang durch sein früheres Leben.

Sünje will mehr darüber wissen, aber was bringt das? Das Kapitel ist erledigt und der Deckel geschlossen, längst bevor ich sie kennen lernte. Was von dem, was damals war, hat Bedeutung für uns jetzt? Danach sollte ich auswählen. Nicht die vollständige Erzählung bringt uns weiter. Was heißt schon vollständig, es kann doch stets nur die Auswahl sein, die sich in mein Gedächtnis eingegraben hat, und zwar mit den Gewichtungen, die ich den Ereignissen beimesse. Ich hab ihr damals nur von meiner Begegnung mit meiner leiblichen Mutter in Svendborg erzählt und ihr wortwörtlich wiedergegeben, was Catherine mir damals sagte, und von meinem Entschluss, mich nicht mehr weiter um sie zu kümmern.
Elfriede z.B. war für mein weiteres Leben, für mein Erwachsenwerden von entscheidender Bedeutung. Heute spielt auch das keine Rolle mehr für mich. Und wenn ich Sünje von Elfriede erzähle, kränke ich sie vermutlich und mache sie unnötig eifersüchtig.

Es war überwältigend für mich, als ich, nachdem ich mein Fahrrad mit den Taschen in den Schuppen geschoben hatte und mich umdrehte, Elfriede auf der Stufe der Hintertür zur Waschküche stehen sah – im Nachthemd und mit ausgebreiteten Armen, in die sie mich schloss und an sich zog, meinen Kopf an ihre Brust drückte und ihn streichelte, und ich mich an ihre Oberarme klammerte, ihre festen Brüste an meinen Wangen spürte. Dann fing ich an zu zittern und konnte die Tränen nicht zurückhalten. Elfriede hielt mich weiter und streichelte mich, zog mich langsam ins Haus, streifte Jacke, Hose, Leibwäsche von mir und spielte dann mit meinen Genitalien, wie ich es eigentlich nur mit mir selber tat. Ich war erregt und beschämt zugleich, weil mir klar war, dass ich nicht an mich halten könnte und sie beflecken würde. Elfriede beseitigte behände die Bescherung und schob mich unter die Dusche, streichelte mir die Backe und verschwand – wortlos. Kurz danach kam sie zurück mit meinem Nachtzeug und stellte ein Glas Milch und einen Teller mit einem Schinkenbrot auf den Tisch und ließ mich zurück mit den Worten: Ik säch dien Öllern Bescheed. Slaap so lang as du wullt.

Am nächsten Tag erwachte ich mit dem Gefühl, ein anderer zu sein, ein Großer, ein Erwachsener. Doch so weit war ich dann doch noch nicht.

In meiner Erinnerung hat es eine bis zwei Wochen gedauert, in denen alles so lief wie vorher, bis Elfriede nach einem Abwaschen in der Waschküche auf mich zukam, ihre Arme seitlich ein wenig anhob und mich lächelnd aufforderte: Kumm to mi! Ich begann, ihre Oberarme zu berühren und vorsichtig zu fassen. Das Spiel endete in einer stillen warmen Umarmung, bis sie, die sonst gern und viel plapperte, ohne Worte sich ihrer Arbeit zuwandte.

Damit war ein Reigen eröffnet. Ich hatte keinen Einfluss darauf, ob und wann sie mich gewähren ließ. Ich habe nie versucht, sie dazu zu drängen oder sie darum zu bitten. Sie hatte die Freiheit zu entscheiden, und ich war in ihrer Hand. Ich hätte nie gewagt, daran etwas zu ändern, denn ich war ihr in tiefer Dankbarkeit regelrecht verfallen. Warum sie sich mir so anbot – ich weiß es nicht. Anfänglich hab ich mir keine Gedanken darüber gemacht; ich war noch ein Junge und suchte diese bergende und wärmende Körpernähe.

So harmlos wie es begann, blieb es nicht. Elfriede klärte mich gründlich und anschaulich auf. Ich wurde nicht nur größer, sondern suchte mit meinen Händen weitere weiche

27

Hautflächen, und Elfriede ließ mich gewähren. Es war nicht häufig, aber immer wieder, und es begann stets mit dem Streicheln der Oberarme. Da sie darüber weder davor, noch dabei, noch danach auch nur ein Wort verlor, sondern so tat, als sei das das Natürlichste der Welt, machte ich mir weiterhin keine Gedanken.

Als knapp 16-Jähriger war ich dann zunehmend hin- und hergerissen zwischen Begehren und Angst. Angst, es könnte und müsste so unglücklich enden wie bei meiner Mutter. Aber Elfriede blieb sich treu; sie führte mich sicher und lächelnd und vermittelte mir stets das Gefühl, etwas ganz Natürliches, ja Selbstverständliches zu tun.

Es war keine Liebe zwischen uns. Mir ging es um den Hautkontakt, das Berühren und Berührt werden – das zu fühlen. Was Elfriede umtrieb – ich weiß es bis heute nicht wirklich. Sie war sechs Jahre älter als ich; ich anfänglich ein pubertierender Junge – da machen sechs Jahre eine Menge aus. Ich war völlig unerfahren, sie war mir immer voraus mit ihren Erfahrungen.

Was hatte sie an mir, was sie mit ihrem Freund und späteren Verlobten und dann Mann nicht ähnlich oder gleich hatte? Ich weiß es nicht. Konnte und wollte sie etwas an mir oder mit mir ausprobieren oder ausleben als Vorberei-

tung für die Begegnung mit ihrem Hinrich? Oder als Nach-
bereitung am heller lichten Tag?

Später habe ich manches Mal gedacht, Elfriede spürte
instinktiv, dass ich zwar alles „hatte", aber schon als Baby,
dann als Kind und Jugendlicher keine mütterlich-
körperliche Zuwendung, Geborgenheit, Zärtlichkeit kannte.
Je älter die Großeltern-Eltern wurden, desto weniger, und
die einzige im häuslichen Miteinander war sie, die mir das
geben konnte. Dass sexuelles Empfinden dazu gehörte, war
nur natürlich in dem Alter, in dem ich war.

Im Dezember, bevor ich 17 wurde, kündigte Elfriede ihre
Stellung bei uns, um im Frühjahr ihren Hinrich zu heiraten.
In der letzten Nacht in unserem Haus kam Elfriede mitter-
nächtlich zu mir in meine Schlafkammer und schlüpfte
nackt unter meine Decke, in der Hand eine Packung Prä-
servative. Während der Pausen zwischen den vielfältigen
körperlichen Liebeskünsten eröffnete mir Elfriede eine
Wirklichkeit, die mir bis dahin verborgen geblieben war:
Sie hatte ungewollt und unbemerkt ein paar Fetzen eines
Gesprächs meines Onkels Jens-Peter mit seiner Frau mit-
bekommen, die in der Aussage gipfelten: ‚Wenn mien Öl-
lern mal doot bleeben sünd, dunn jaag ik den Bastard vun'n
Hoff'.

Diese Bemerkung machte mich schlagartig erwachsen: Du hast Verantwortung für dein Leben. Du musst darauf achten. Nicht Vadder-Hans, nicht Modder-Mia, nicht Hannes-Paster, nicht Schulmeister Nielsen. Du allein. Und du hast keine Mutter und keinen Vater, die dich dabei begleiten, dich beraten, dich auch stützen. Denn die, die es bisher getan haben, sind alte Menschen und werden dich bald verlassen.

Nach dieser Nacht änderte sich meine Einstellung zum Leben.

Zum einen bemerkte ich bei mir eine Veränderung in meinem Verhältnis zu den Jungen und Mädchen in der Schule: Ich fühlte mich ihnen allen überlegen, ich bin weiter als ihr! Ob ihr auch schon so erfahren seid? Das bezweifle ich. Irgendwie bin ich jetzt erwachsen – so war meine Einstellung. Ich versuchte durch Beobachten herauszufinden, ob ein Mädchen oder ein Junge durch das körperliche Verhalten oder die Art zu sprechen unter der Hand erkennen ließ, ob es noch „unschuldig" war oder so erfahren wie ich. Besonders an der Art, wie sie meinen Blick erwiderten, meinte ich, das herausfinden zu können. Und ich war bald davon überzeugt, dass diese Methode bei Mädchen klappte.

Zum anderen war ich jetzt auf der Hut und grundsätzlich kritisch gegenüber allen Menschen – die mir vertrauten ausgenommen. Stets freundlich und höflich, aber vorsichtig. Hatte ich aufgrund meiner besonderen Begabung schon eine Sonderstellung unter den Jungen und Mädchen in der Schule, so galt ich bald als ein wenig schwierig, unnahbar, eigenbrötlerisch, versponnen, der „Philosoph vom Dorfe". Die Mädchen versuchten, mich zu provozieren und in ihre Albernheiten einzubeziehen; wenn sie merkten, wie einfach ich sie durchschaute, ließen sie von mir ab: „An Ties kommt man nicht ran, der ist zu schlau. Aber nett ist er." Das sagten sie, weil ich allen half, die etwas von mir wollten.

Eine dritte, allerdings spätere Folge dieser einzigen und letzten Nacht mit Elfriede war, dass ich meine nächsten erotisch-sexuellen Begegnungen ausschließlich mit älteren Frauen hatte. Heute sehe ich, dass mich ihre weiche, reife, beschützende, ruhige, unaufgeregte Art faszinierte. Wenn ich ehrlich zu mir bin, hatten die alle etwas Mütterliches und sie gaben mir - reichlich verspätet und im Grunde inzestuös - Intimität, die mir in meiner Kindheit versagt geblieben war. Ich hab es ausgekostet, bis es Mitte zwanzig für mich erledigt war.

31

Es klingelte. Der nächste Ratsuchende. Edwin R. auf der Suche nach dem Sinn seines Lebens, nachdem er vom Arzt bestätigt bekommen hatte, dass er zeugungsfähig sei, seine Ehefrau jedoch nicht zu schwängern vermochte, obwohl auch ihr nichts „fehlte".

∞

Sünje Jensen freut sich und ist erleichtert, dass nun die Osterferien beginnen und sie viel freie Zeit vor sich hat, um mit Ties zu reden. Es ist eben nach elf, gegen halb zwölf kann sie beim Italiener sein; der wird sie, weil er sie Beide gut kennt, schon reinlassen und ihr einen Cappuccino nebst einem kleinen Mineralwasser servieren, solange sie auf Ties wartet. Dort liegen auch die Tageszeitungen aus; die Zeit würde ihr schon schnell vergehen.

Kaum war sie zur Ruhe gekommen, begann jedoch das Grübeln: erst über Ties, dann wanderten ihre Gedanken in ihre eigene Vergangenheit.

Ich hatte gerade mein erstes Staatsexamen mit Bravour bestanden, und zugleich hatten wir uns getrennt. Ole und ich waren seit der Schulzeit ein Paar. Alle gingen davon

aus, dass wir nun bald heiraten. Ich jedoch sah keine Zu-
kunft mehr für uns. Kein Streit. Einfach leer, ausgelebt war
unsere Zweisamkeit; ich fand in mir keine lebenswerte
Vision mehr für uns und trennte mich von Ole. Der wollte
das nicht wahr haben, und für die anderen war das wie ein
Paukenschlag.

Meine Mutter unterstützte mich vorbehaltlos, als ich erklär-
te, ich möchte für etwa ein Jahr nach Gøteborg zu meiner
Tante Greta ziehen – meine Mutter stammt aus Schweden –
und mich mit dem schwedischen Schulsystem vertraut ma-
chen, bevor ich ins Referendariat gehe. Ich bin zweispra-
chig erzogen worden, und Tante Greta war nicht nur meine
Patentante, sondern auch meine Lieblingstante: oft war ich
in den Ferien zu Gast in ihrem Hause. Anfang Februar war
es soweit: Ich siedle nach Schweden!

Keine 14 Tage bin ich in Gøteborg, da wird es mir langsam
zur Gewissheit, dass ich schwanger bin - von Ole -, und
zwar durch unseren letzten flüchtigen Koitus, mir von Ole
zum Abschied abgenötigt, aber ich habe notgedrungen
mitgemacht. Tante Greta – inzwischen ist sie verstorben –
Tante Greta wird mir zur innigsten Vertrauten: mit ihrem
Rat, ihrem Beistand, ihrer Ruhe, ihren Beziehungen finde
ich den Weg, die Schwangerschaft abzubrechen. Niemand
außer uns Beiden weiß etwas davon. Nach dem Eingriff

erhole ich mich gut und bald und - stürze mich in meine Studien.

Ich habe den damaligen Schrecken fest in eine Kiste verpackt. So meinte ich, kann ich am ehesten damit leben. Ich wollte und will diese Kiste nicht aufmachen. Noch bin ich nicht so weit, als dass ich mich gegenüber Ties öffnen wollte. Dennoch weiß ich, dass ich das Unheil der Vergewaltigung und der Abtreibung nicht verarbeitet habe: mitnichten ruht das in einem Sarg unter der Erde!

Der Mann von Tante Greta führt in Gøteborg eine große Möbelfabrik. Die feiert, nachdem ich etwa gut ein halbes Jahr dort bin, ihr 50-jähriges Bestehen. Bei dem Jubelfest lerne ich Ties kennen. Es war die berühmte Liebe auf den ersten Blick. Dennoch: wir nähern uns langsam, sehr langsam, sehr vorsichtig, sehr behutsam, sehr zärtlich und – von uns Beiden so gewollt – ohne Sex. Ich war noch zu verletzt, und Ties – wortkarg wie er sonst auch sein mag - sagte in seiner flapsigen Art: ‚Sex ist ein Liebesspiel. Lieben ist Kunst, und ich will lieben.‘

Wir haben uns nicht wieder losgelassen. Ich ging nach gut einem Jahr zum Referendariat zurück nach Deutschland, Ties war bei meinem Onkel als Möbeldesigner und Konstrukteur von ökonomischen Produktionsabläufen hochge-

schätzt – sollte, musste, wollte also noch weiter in Gøteborg bleiben. *Auch Tante Greta mochte ihn. Wir sahen uns regelmäßig in den Ferien; außerdem kam Ties oft zum Wochenende mit der Fähre nach Deutschland, übernachtete aber nie bei uns, nahm sich immer ein Hotel, so wie wir es in Gøteborg praktiziert hatten: keine gemeinsamen Nächte.*

Nach meinem 2. Staatsexamen kam die Wende.
Ich wollte weg aus Westerhagen, auch aus dem Bundesland, weg wegen Ole, dem ich nie mehr über den Weg laufen wollte. Ich bewarb mich auf eine Lehrerstelle hier in Anderstedt, und Ties sagte dem „Möbeln" ade, besann sich auf sein zweites Standbein und richtete sich ebenfalls hier in Anderstedt eine ‚Praxis für philosophische Lebensberatung' ein.
Wir heirateten, und es dauerte nur wenige Wochen, da war ich schwanger. Die Schwangerschaft verlief völlig problemlos; wir waren fröhlich und guter Dinge und wiesen alle zusätzlichen pränatalen Untersuchungen weit von uns. Doch mit der Entbindung kam das böse Erwachen, für mich besonders: Marten, unser erstes Kind, war behindert: Down-Syndrom, mongoloid. Ich fiel in ein tiefes Loch.

Ich hab mir hundert-, ja tausendmal gesagt, das eine hat nichts mit dem anderen zu tun, und doch nagte der Zweifel und zuweilen die bohrende Gewissheit in mir: Das ist die Strafe für deinen Schwangerschaftsabbruch!"

Ich war knapp 27 Jahre alt, also gewiss keine Spätgebärende. Ich hatte jedoch zuvor den ganz natürlichen Prozess des Werdens von Leben gestört, unterbrochen, abgebrochen, verneint.

Ich ein kleines, hilfloses, gestörtes Lebewesen in meinen Armen. Nein, das ist nicht richtig: Ich war unfähig, es in meine Arme zu nehmen. Ties war da, hielt den kleinen Marten in seinen Armen geborgen. Ties spürte meinen tiefen Schock, ohne zu wissen, was mich in den Abgrund riss. Ich fiel tatsächlich in eine kurze Ohnmacht. Als ich wieder einigermaßen klar war, stand Ties mit Marten neben meinem Bett und trug ihn mir an.

Tante Greta kam und blieb gut eine Woche. Ties und sie halfen mir, Marten anzunehmen, wie er nun mal war. Ties war sehr besorgt um uns Beide, und er ist es immer noch, wenn es um uns Beide geht. Ich sehe es ihm an, wie es ihn mitnimmt, wenn Marten in seiner unbekümmert-fröhlichen Art um meine Liebe buhlt, und ich sie ihm nicht so geben kann, wie er sie erwartet und braucht. Sein Vater und er

sind ein Herz und eine Seele – von klein auf an bis heute. –
Was Ties alles für Marten getan hat.

Sünje schaut auf und sieht auf ihrer Uhr, dass Ties bald
kommen wird. Dennoch versinkt sie in ihren Gedanken
wieder in der Vergangenheit.

Drei Monate nach der Entbindung von Marten bin ich
wieder schwanger. Ich war völlig aufgelöst, unsicher, un-
ruhig und auch mutlos. Die Schwangerschaft abbrechen?
Das schloss ich für mich aus. Was, wenn ich wieder ein
behindertes Kind zur Welt bringe?
Auf eine pränatale Diagnostik wollte ich mich nicht einlas-
sen; sie würde mich im ärgsten Fall wieder vor die Frage
und Entscheidung stellen: abbrechen oder austragen. Noch
einmal abbrechen kam für mich nicht in Frage. Dafür
hatte ich keine Lebenskraft mehr. Wie sollte ich danach
noch für mich weiterleben?
Ties unterstützte mich. ,Mit der pränatalen Diagnostik
delegieren wir unsere Verantwortung an ein anonymes
Verfahren und setzen uns ohne Not einem Druck aus, dem
du und vermutlich auch ich nicht gewachsen sind; diesem
Druck können wir uns nicht wieder entziehen. Wenn alles
o.k. ist mit dem werdenden Leben, dann brauche ich diese

Tests nicht. Wenn ich Dich vor diesen Tests bewahren kann, werde ich das tun.'

Wir hatten diese Schwangerschaft nicht gewollt, schon gar nicht geplant. Ties strahlte viel Zuversicht aus, war glücklich mit Marten und mit mir, seiner schwangeren Frau: ,Wir werden glücklich werden mit unserm zweiten Kind' – so dachte er, so sagte er es immer wieder, und so lebte er es mir vor. Fast auf den Tag genau kam nach einem Jahr Marie in unser Leben – kerngesund und munter. Marten ist am 14. und Marie am 12. März geboren.

Und wenn ich die erste Schwangerschaft ausgetragen hätte, wäre das Kind auch im März zur Welt gekommen. –

Drei Märzenkinder, zwei leben und eines lässt mich nicht los.

Von der Vergangenheit kann man sich nicht lösen. Ich will es auch nicht, sie gehört zu mir, es ist mein Leben, mein einziges Leben, das ich habe. Jede Tilgung von Vergangenheit wäre eine Tilgung meines gelebten Lebens.

Ties, Marten und Marie – mit diesen dreien habe ich ein gelebtes Leben, eine Vergangenheit. Eine gute Zeit haben wir miteinander gehabt und haben sie noch. Auch das ist mein Leben. Mein einziges Leben, das ich habe. Keinen Augenblick davon möchte ich missen oder löschen. Mit jedem Kind, mit jeder Schwangerschaft sind wir Frauen zeitlebens verwoben. Väter tragen die Schwangerschaften nicht aus, und doch ist Ties mit Marten und Marten mit Ties fast enger verwoben als ich mit Marten.

Wie es Ties gelungen ist, durch all die Jahre hindurch Marten an das Arbeiten und Gestalten mit Holz heranzuführen, das bewundere ich nicht nur, das macht mich im Herzen, in meinem Lebensgrundgefühl rundum glücklich und zufrieden.

Jetzt arbeitet Marten mit anderen Behinderten in einer Holzwerkstatt. Ties hat diese ‚Henriettenwerkstatt‘ mit Eltern behinderter Kinder, mit großartiger Unterstützung durch Pastor Holdt und dank einer namhaften Spende der Holzfirma Eggers eingerichtet und aufgebaut. Zusammen mit Marten entwirft er abends und in seiner Freizeit, sooft es sich einrichten lässt, Design und einfache Konstruktionspläne für Kindermöbel, die dort produziert werden; die finden reißenden Absatz.

Hinzu kommt, dass Marie ihren Bruder Marten so in ihr Leben hineingenommen hat, dass man meinen könnte, sie seien Zwillinge. Von klein auf an wollte sie alles gemeinsam mit Marten machen. Als Baby schlief sie die Nächte ruhig durch, wenn ihr Bettchen bei Marten im Zimmer stand. Sie waren zusammen im Kindergarten, in die Grundschule wurden sie gemeinsam eingeschult, und als unsere begabte Marie zum Gymnasium wechselte, mussten sie sich zwar trennen, aber Marie behielt ihren Bruder Marten immer im Auge. Jungs, die sich später für sie interessierten und sich an sie ranmachen wollten, mussten stets zur Kenntnis nehmen, dass für Marie ‚ohne meinen Bruder Marten' gar nichts läuft.

Viele Jahre habe ich mich daran erfreut, wie die Beiden so zusammen hängen. Inzwischen ist Marie 24 und hat noch immer keinen festen Freund. Sie hat gerade ihr medizinisches Staatsexamen in Göttingen gemacht und arbeitet nun dort an der Uni-Klinik. Jeden Morgen ruft sie bei Marten an. Der lebt seit drei Jahren im Henriettenhof, hat dort eine kleine Wohnung und kann alle Angebote des betreuten Wohnens für sich abrufen, die er braucht. Marie weckt ihn morgens und abends sagt sie ihm 'Gute Nacht!'. ‚Marten gehört zu meinem Leben' weist sie mich zurecht, wenn ich diese Nähe gelegentlich in Frage stelle.

Am Anfang war diese wunderbare Liebesbeziehung mit Ties. Die gab mir frischen Lebensmut. Ein neues Leben fing für mich an. Das alte sollte zurücktreten. Es sollte mein

neues Glück nicht trüben. Weiß ich, wie es geworden wäre,
wenn Marten nicht behindert zur Welt gekommen wäre.
Wäre die alte Geschichte nicht völlig verblasst?

Als der kleine mongoloide Marten in meinen Armen lag, da
wäre vielleicht der Zeitpunkt gewesen, mich Ties zu öffnen,
aber ich hatte damals nicht die Kraft dazu. Ich bin dem Rat
von Tante Greta gefolgt: 'Quäl dich jetzt nicht damit ab,
nimm deine ganze Kraft und schenke sie Marten!'

Dann kam das Leben, die vielen guten Jahre unserer Fami-
lie. Ich wusste schlicht nicht, wann und wie. So trag ich es
mit mir rum, und es holt mich jedes Jahr im März wieder
ein.

„Hei, Sünje, du wirkst wie aus der Welt. Ich habe dir
durchs Fenster zugewinkt, aber du hast mich irgendwie gar
nicht gesehen, durch mich hindurchgeschaut."

„Entschuldige bitte, Ties, ich war mit meinen Gedanken
ganz woanders."

∞

„Wieder spüre ich in mir den Drang, mich zu verschwei-
gen, Sünje. Ich kann es eben schwer ertragen, wenn ich zu
viel und lange über mich rede."

Ties sagt diesen Gedanken halblaut vor sich hin. Sie gehen wenige Schritte weiter, dann wendet Sünje ein:

„Was meinst du damit?".

Die Wege durch den Park sind ihnen vertraut. Heute sind sie fast allein unterwegs. Es ist früher Nachmittag. Die Jogger und Walker bevorzugen andere Zeiten. Außerdem ist Freitag. Morgen am Samstag oder am Sonntag ist der Park von Menschen belebt.

„Vielleicht ist das 'ne Macke von mir, ein genetischer Defekt oder ein Geburtstrauma. Ich beobachte und kenne dieses Phänomen bei mir, solange ich zurückdenken kann."

Mehr sagt Ties nicht. Sünje weiß nicht, ob Ties mit ihr darüber reden will. Schließlich hat sich sein Ursprungsgedanke unabsichtlich in halblaute Worte vertont, sie kennt das: Sein innerer Dialog wird gelegentlich zu einer äußeren Sprechhandlung, besonders wenn sie spazieren gehen.

„Wie dürftig vermögen gesprochene Worte die erlebte Tiefe von Gedanken und Gefühlen wiederzugeben. Weißt du, Sünje, ich habe nach der gestrigen Nacht Vieles in meinem Kopf gewälzt. Was hat dich so beunruhigt? Womit genau kann ich dich beruhigen? Dir alles klitzeklein zu erzählen, was damals in Schafsbüll war, das kann es doch nicht sein -."

„Das mit deiner Mutter, das verstehe ich jetzt ein bisschen besser, aber so ganz will es mir immer noch nicht in den Sinn, wie eine Mutter ihr Kind so fallen lassen kann, auch wenn sie weiß, dass es weich fällt. Und das andere, wie ein Kind nicht doch irgendwie an seiner Mutter hängt und dann anfängt, sie zu suchen. Kann es wirklich so verletzt, so traumatisiert werden, dass es sich abwendet? Bleibt nicht die Sehnsucht, eine tiefe innere Gewissheit: Meine Mutter liebt mich; sie meint es gut mit mir?"

„Ich habe dir gesagt, dass ich die Aussage meiner Mutter sehr wohl so verstanden habe, dass sie es gut mit mir meint, wenn sie für sich und ich für mich lebe."

„Ja, das stimmt. Aber es ist zugleich ein harter Satz, an dem du auch hättest zerbrechen können, Ties."

Soll ich Sünje jetzt erzählen, wie Elfriede meinen Zusammenbruch aufgefangen hat?
Ich meine, nein, denn sie würde es als Missbrauch deuten, was Elfriede mit mir gemacht hat. Und das war es nicht. Ich habe mich aufgefangen und angenommen gefühlt.

Ties hält inne. Sünje sagt nichts, obwohl sie gern etwas sagen möchte.

Vielleicht ergibt sich eine günstigere Gelegenheit, um mit
Ties über meinen Schwangerschaftsabbruch ins Gespräch –
ja, was nun eigentlich: zu kommen, ihn zu informieren oder
in Kenntnis zu setzen oder ihm zu beichten? Im Augenblick
wäre das vollkommen daneben; Ties ist ganz woanders.

Ich will Ties an dem teilhaben lassen, was zu meinem Le-
ben gehört und was ich ihm bis heute vorenthalten habe.
Ist dieser Spaziergang der rechte Ort und die rechte Zeit?
Ist nicht alles längst vertan und nicht wirklich wieder ein-
zuholen?
Ist es nicht schlicht ,überflüssig'?

Sünje und Ties gehen auf die große Augustabrücke zu. Hier
müssen sie sich entscheiden: Nach rechts führt der Weg
zum oberen Ausgang des Parks und danach auf einer stark
befahrenen Straße direkt nach Hause zurück. Über die
Brücke gelangt man nach einem halben Kilometer in ein
Schrebergartengebiet, von dort im Bogen durch einen
großzügig angelegten Friedhof über Nebenstraßen in den
heimischen ,Achterkamp'.
Ties hält im Gehen inne. Sünje schreitet auf die Augustabrücke zu.

Ich will noch nicht nach Hause. Es wär doch gut, wenn wir beim Spazierengehen so ins Gespräch kommen, dass ich mich Ties öffnen kann mit meinem alten Schmerz: im Gehen, hier in der Natur, wir Beide ganz für uns, frei von allem Häuslichen, von den Grenzen des Alltäglichen und Vertrauten und Gewohnten.

Schon am ersten gemeinsamen Abend, nachdem wir uns bei dem Jubelfest in Gøteborg begegnet waren und den ganzen Tag darauf nicht mehr voneinander gelassen hatten, um dem aufkeimenden Spross unserer Liebe freien Lauf zu lassen, schon damals hatte Ties mich in ein solches Selbstgespräch gezogen, das ich im Grunde nicht nachvollziehen mochte:

,Ob er nicht eine Zumutung für sie sei. Jeder Mensch sei doch für den anderen eine Zumutung, also mute dem anderen etwas zu – stillschweigend voraussetzend, dass der das ertragen und aushalten könne.'

Ich fand das damals einerseits befremdlich, dann aber mochte ich Ties auch gerade wegen dieser Gedanken; Gedanken, die ich mir niemals machen würde.

Am Ende des Parks führt ein kleiner Steg wieder über den Sielzug in das Parzellengebiet. Sie folgen einer kurzen Kastanienallee, bis der Weg mit einer scharfen Rechtskurve zu einem Gartenrestaurant führt, von dort über den Parkplatz direkt in den Nelkenweg, der rechts und links von vorbildlich gepflegten Schrebergärten gesäumt ist. Der schmale Weg trifft auf drei Abzweigungen und öffnet einen kleinen Platz.

„Hier ist eine Bank, Sünje. Da sitzen wir schön in der Sonne. Und wenn der Wirt kommt, bestellen wir uns einen Cappuccino.

Ich möchte dir etwas von meinen Gedanken am frühen Morgen und in der ersten Stunde in der Praxis erzählen. Der erste Kunde hatte abgesagt und so hatte ich Zeit, ein wenig über mein erstes Leben nachzudenken.

Die Geschichte mit meiner Mutter ist ja eingebettet in den Kontext von Schafsbüll. Die schönen und bereichernden Seiten habe ich dir in der Nacht geschildert. Hinter dieser glänzenden Fassade gab es eine dunkle, hässliche. Auf die hat mich Elfriede aufmerksam gemacht, kurz bevor sie unser Haus verließ. Aber dazu muss ich ein wenig weiter ausholen.

Die ersten Jahre meines Lebens verbrachte ich auf dem Hof mit den Großeltern-Eltern und mit ihrem ältesten Sohn Jens-Peter. Und um den geht es."

„Den hast du mir bislang praktisch verschwiegen. Ich weiß zwar, dass es ihn gibt. Aber ich habe dich auch nie weiter danach befragt."

„Ja, Jens-Peter Jensen ist mitsamt seiner Familie für mich mit Schafsbüll zusammen in das Grab des Vergessens versunken. Und das entwickelte sich so:

Jens-Peter Jensen, zwei Jahre älter als Catherine, meine leibliche Mutter, war achtzehn, als ich als Baby auf den Hof kam. Vier Jahre später heiratete er eine Bauerntochter aus Nordstrand, Elke Slot. Und als die mit ihrem ersten Kind schwanger ging, siedelten meine Großeltern-Eltern um in das Altenteilerhaus. An Jens-Peter und Elke habe ich keine Erinnerungen, außer, dass sie stets mit den Tieren und dem Hof beschäftigt waren. Ihre Kinder – insgesamt später dann drei – waren sechs, acht und zehn Jahre jünger als ich. Die kamen zwar ziemlich häufig zu ihren Großeltern, aber ich hatte nichts mit ihnen zu tun – der Altersunterschied, aber auch meine gänzlich anderen Interessen schlossen das aus. Ich selber kam nur noch zu offiziellen Feierlichkeiten in deren Wohnung, und auf dem Hof hatte ich nichts verloren: die Kühe, die großen Maschinen und auch der raue Ton, der dort herrschte – das alles schreckte mich ab, machte mir auch Angst. Ich lief irgendwie nebenbei mit her, stets im Sog von Modder-Mia oder Vadder-

Hans, und je älter ich wurde, desto mehr drückte ich mich darum, bei denen im Haus zu sein: Wir hatten uns weder etwas zu sagen noch bedeuteten wir uns etwas. An meinen Fortschritten waren Beide nicht interessiert und fragten mich auch nicht danach.

Das änderte sich grundlegend für mich, als ich von Elfriede – kurz vor ihrem Abschied von uns - erfuhr, dass mein Onkel und wohl auch seine Frau gar keine guten Gedanken über mich hegten, sondern mir übel mitspielen wollten, sobald die Eltern gestorben wären: ‚Dunn jaag ik den Bastard vun' Hoff!' das hatte Elfriede unbeabsichtigt und unbemerkt von den Beiden in einem Gespräch erlauscht."

„Das gibt's doch nicht! Das muss dir doch den Boden unter den Füßen weggezogen haben! Hat Elfriede sich da auch nicht verhört? Das ist ja gemein und auch hinterhältig und verlogen – vor allem auch gegenüber seinen Eltern!"

„Elfriede konnte ich absolut trauen. Und ich bin ihr bis heute dankbar dafür, dass sie mich darüber aufgeklärt hat. Denn nun konnte ich mich gewissenhaft, ja, und auch langfristig darauf einstellen. Denn „jagen lassen" wollte ich mich nicht, da würde ich vorher das Feld verlassen. Aber der „Bastard" – der ging mir nah. Und nach."

„Das ist das übelste Schimpfwort für ein uneheliches Kind. Unsere Gesetzgebung hat sogar das Wort „unehelich" durch „nicht-ehelich" ersetzt, um der Verunglimpfung dieser Menschen zu wehren."

„Aber es trifft den Nagel auf den Kopf: Ich war, bin und bleibe ein „wilder Schössling" am Hauptstamm des Baumes, unedel, und gehöre deshalb beseitigt, um den edlen Baum nicht zu ruinieren – so der Ursprung des Wortes. Wenn mich heute jemand nach meinen Eltern fragt, kann ich zwar sagen, dass ich nicht-ehelich geboren wurde; das ist ja – nach der Auflösung traditioneller Ehe- und Familienstrukturen - keine Besonderheit mehr. Die Menschen denken nicht mehr den Makel: „unehelich". Wenn ich jedoch sagte, meine Mutter war eine Minderjährige und mein Vater ein draufgängerischer Arzt, da sehe ich schon die gerunzelte Stirn und die gerümpfte Nase. Den Makel „Bastard" werde ich in Schafsbüll mein Lebtag nicht los. In der städtischen Gesellschaft ist das anders. Nur: für den Betroffenen selbst, für seine innere Wirklichkeit bleibt es dabei: Bastard! Und ein guter Weg, dem jedenfalls äußerlich zu entkommen, erwies sich doch darin, Schafsbüll, das heimatliche Feld zu verlassen, gen Osten, in das Land jenseits von Eden."

„Das hast du damals schon gedacht? Deshalb dein Entschluss, nach Schweden zu gehen? Niemals wieder zurück nach Schafsbüll?"

„Ja, so ist es, Sünje. Ich konnte und wollte das allerdings erst in die Tat umsetzen, wenn Modder-Mia und Vadder-Hans gestorben wären. Nach deren Tod gehe ich freiwillig für immer weg aus dem Haus meiner Kindheit und Jugend – das war mein Entschluss. Im Grunde erfüllte ich vorauseilend, was Jens Peter mir zugedacht hatte. Ist schon komisch.

Für mich selber blieb die Suche, auch die Sehnsucht nach meiner leiblichen Mutter und dem leiblichen Vater."

Sie schweigen Beide lange. Dann setzt Ties wieder an und berichtet mit ruhiger Stimme, dass nach Elfriede eine Frau Malinkat ins Haus kam und vor allem Modder-Mia betreute, die verstärkt an ihrem Rheuma litt und kaum noch etwas im Haus und Garten richten konnte. Frau Malinkat war die Witwe des Dorftagelöhners; sie konnte sich kein ausreichendes Einkommen erwirtschaften und musste auch die baufällige Kate verlassen, in der sie gewohnt hatten.

Nach dem Abitur ging Ties in eine Tischlerlehre in der Stadt, wohnte dort in einer anderthalb Zimmerwohnung, die Vadder-Hans ihm gekauft hatte und kam höchstens am Wochenende mal nach Schafsbüll. Kurz vor seiner Gesellenprüfung wurde bei Modder-Mia ein Brustkrebs in fortgeschrittenem Zustand diagnostiziert, und es dauert nur ein Vierteljahr, bis sie dieser Erkrankung erlegen war.

„Vadder-Hans und ich haben an ihrem Sterbebett gesessen, bis sie – durch Morphium von Schmerzen befreit – still eingeschlafen ist. Jens-Peter und Elke kamen nur gelegentlich rüber, um nach Modder-Mia zu schauen, am Abend und an den Wochenenden überhaupt nicht, denn dann war ja ich im Hause. Das habe ich erst später so richtig kapiert, dass sie mir bewusst aus dem Wege gingen. Ich war viel mit Vadder-Hans am Sterbebett von Modder-Mia, lauschte seinen Erzählungen von früher, von seinem erfüllten Leben mit Modder-Mia, von ihrer gemeinsamen großen Aufgabe, für mich Eltern zu sein. Er erzählte auch von Catherine, meiner leiblichen Mutter, wie glücklich sie Beide darüber seien, dass sie doch noch ein schönes Leben mit ihrem Mann und ihren Kindern gefunden habe. Catherine wurde nochmals von Zwillingen entbunden, diesmal zwei Jungen. Ich spürte, wie sehr die Beiden an ihrer Tochter hingen. Nur die Beziehung zwischen Catherine und mir blendete Vadder-Hans sorgfältig aus, und ich konnte das verstehen. Das war der Kontrakt, den vor allem wohl Modder-Mia mit Catherine geschlossen hatte, und den Vadder-Hans wirkmächtig umgesetzt hatte: sie sollte ihr Leben haben und ich das meinige.

So redete er, während wir an ihrem Bette saßen, als ob er wollte, dass Mia, seine geliebte Frau, alles mit anhören sollte. Davor hatte ich – Ehrfurcht. Ich kann es nicht anders sagen: Ich hörte ihm zu in stiller, tiefer Ehrfurcht. Da wagte ich nicht, mich einzumischen; das wäre aus meiner Sicht ein Sakrileg gewesen."

Ties hielt inne, wie wenn er in sich hineinhorchte, um die Stimme von Vadder-Hans noch mal zu hören. Sünje wollte ihn nicht durch ihre Einrede aus seiner Welt holen, legte nur ihre Hand auf seine und senkte ihren Kopf.

„Nach der Aussegnung aus dem Sterbehaus – das war damals in Schafsbüll noch so der Brauch - , nach der Aussegnung, an der die Familie von nebenan auch dabei war, wurde Modder-Mia in der Leichenkapelle aufgebahrt. Ich suchte mir einen schönen Blumenstraß aus dem Garten zusammen und legte ihr den in ihren Arm. „Dat hest du fein maakt!" sagte Vadder-Hans. Aber am nächsten Tag war der Strauß weg. Vadder-Hans spürte meine Erregung, griff an meinen Arm: „Swieg still!", und ich fügte mich. Wir Beide wussten Bescheid. Als ihr Sarg in die Erde gesenkt wurde, schenkte ich ihr den gleichen Strauß noch einmal, und dieses Mal wurde er mit ihr beerdigt. Vadder-Hans ergriff wieder meinen Arm und flüsterte mir zu: „Fein, mien Jung!"

Sünje schwieg weiterhin. Ihr fehlten einfach die Worte. Sie spürte nur, wie tief Ties bewegt war, auch jetzt noch – nach so vielen Jahren.

„Weißt du, Sünje, den Sarg, in dem Modder-Mia zur letzten Ruhe gebettet wurde, hatte ich getischlert. Darauf lag nun mein Strauß. Ich stand wie versteinert und bewegte mich nicht fort, als die Nachbarn begannen, das Grab zu schließen – auch das nach alter väterlicher Sitte. Dann spürte ich wieder die Hand von Vadder-Hans an meinem Arm, und wir gingen gemeinsam in den Kirchspielkrug zur Nachfeier. Ich habe auf diesem Weg niemanden um mich herum wahrgenommen. Im Krug saß ich mit Vadder-Hans, Hannes-Paster, dem Schulmeister, dem Schmied und Frau Malinkat an einem Tisch, am Tisch links neben uns die Familie Jensen vom Hof und am Tisch rechts Catherine mit ihrer Familie und Verwandtschaft aus Nordschleswig. Ich muss wohl alle mit Handschlag begrüßt haben, aber daran erinnern kann ich mich nicht. Ich war innerlich abgekehrt und in mir selbst mit Modder-Mia beschäftigt.

Ich sah sie mit meinem inneren Auge inmitten von Blumen stehend mich anstrahlen. Das Bild habe ich behalten – bis heute. Sie war mir Mutter, eine große Mutter. Sie gab mir von klein auf die innere Sicherheit, da zu sein und mich am Leben zu erfreuen. Sie machte keine großen Worte, redete wenig – das überließ sie Vadder-Hans. Es waren die kleinen Gesten, wie die wortlos in meine Konfirmationsbibel eingelegte Anschrift meiner leiblichen Mutter. Und es war das Lächeln, das in ihrem Gesicht aufstrahlte, wenn sie mich sah. Ganz kurz oft nur, aber verlässlich. Ihre Blumen und ihr Lächeln gaben mir das Gefühl, gut verwurzelt zu sein."

Ties schwieg, und nach einer Weile legte Sünje ihren Arm um Ties, zog ihn an sich und sagte: „Danke, Ties." mehr nicht.

Sie durchschreiten eine kleine Seitenpforte und gelangen auf den Südfriedhof. Die Wege des Friedhofs, angelegt nach dem Maßwerk eines gotischen Kathedralfensters, ebenmäßig geschwungen, führen letztlich alle zur Mittelachse und lenken über diese breit angelegte Allee zur Friedhofskapelle.

Die Friedhofsordnung schreibt keine zwingende Form der Grabsteine oder der Bepflanzung vor. Ihre Blicke streifen die Grabinschriften. Namen und Daten von gelebtem Leben. Gelegentlich ein kurzes Wort, ein Bibelvers, ein Symbol. Nachkommen, die an die Gräber treten, geraten in ihren Erinnerungen vielleicht in einen inneren Dialog mit ihren Verstorbenen. Die Vorbeigehenden erkennen nicht mehr als die gewesene Beziehungsstruktur, die Lebensspanne und in ihr die gemeinsame Zeit, die ihnen zur Lebensgestaltung gegeben war, und vielleicht einen flüchtigen Hinweis auf Gesinnung und Hoffnung der hier Bestatteten.

„Wir sind schon oft über diesen Friedhof gegangen, Sünje. So sehr uns diese parkähnliche, hübsche und gepflegte Anlage jedes Mal wieder erfreut: All die Mühen, die an jedc cinzclne Grabstelle verwandt werden, sind nach der Verfallszeit von 25 Jahren überflüssig. Wozu ist das alles gut? Die überwiegende Zahl der Gräber wird nicht von den Angehörigen gepflegt, die wohnen vielleicht schon lange nicht mehr hier. Wer weiß, wie oft jedes Grab im Jahr besucht wird.
Anonyme Bestattungen nehmen zu.
Der persönliche Bezug, der Dialog mit den Verstorbenen an deren Grabstelle – wer pflegt den noch? Ist damit nicht die

gesamte Einrichtung ‚Friedhof' irgendwie überflüssig? Außenstehende sehen den Grabstein mit ein paar spärlichen Angaben. Auf das gelebte Leben, das sich zwischen Geburts- und Todesdatum ereignet hat, kommen nur die, denen dieses Leben etwas bedeutet hat. Immer mehr Menschen wünschen sich als ihre letzte Ruhestätte einen „Friedwald" oder eine Seebestattung. Und ganz extravagante lassen sich als Diamantkugel ins Weltall schießen – sie wollen den Nachfahren keine Last mit der Pflege der Grabstelle aufbürden..."

„Ties, nun sei nicht so streng mit dir und den anderen. Das Leben ist nun mal nicht ex und hopp und das war's. Irrationales Sentiment und biederer Kitsch gehören dazu. Vielleicht gibt's da doch eine Menge Menschen, denen ein Ort der Erinnerung sehr viel bedeutet. Auch wenn sie ihn weder pflegen noch besuchen."

„Ja, so ist es wohl."

Der folgende lange stille Gang über den Friedhof endet, als sie durch das Hauptportal auf die Friedhofstraße einschwenken:

„Ich freue mich auf den Tee mit dir, Sünje, und die Kekse, die du gebacken hast."

Jetzt schwillt der Verkehrslärm an. Auch herrscht auf Beiden Bürgersteigen eine zunehmende Betriebsamkeit. Überwiegend Frauen, die dies und jenes zu besorgen haben. Anfänglich geht es in den Blumengeschäften um Grabschmuck und erste Bepflanzungen vor dem kommenden Osterfest. Dann folgen unvermittelt ein paar Boutiquen und sogar ein Schmuckgeschäft. Schließlich ein Supermarkt, neben dem sich ein Bäckerladen und einige freie Marktstände angesiedelt haben. An der Straßenecke zur Hornberger Chaussee ein ‚Italiener', in den Sünje und Ties gern einkehren.

Sie gehen die Friedhofstraße und die Hornberger Chaussee, ohne miteinander zu reden. Erst als sie in den Achterkamp einbiegen, nimmt Sünje das Wort:

„Während ich den Tee aufsetze, kannst du doch noch eben die Briefe zum Postkasten bringen. Wenn du zurückkommst, ist alles fertig, und wir können in Ruhe die Zeitung lesen."

„Ich will noch in den Werkkeller. Für Marten etwas vorbereiten."

„Und heute Abend?"

„Da sind wir doch bei der Ausstellungseröffnung im Nikolaisaal. Ich will mich bei der Gelegenheit noch kurz mit

Pastor Holdt besprechen; es geht um die Osterfeier für die Henriettenwerkstatt."

∞

Während Ties im Werkkeller an den Herstellungsabläufen für die Holzeisenbahn bastelt, versucht Sünje, die Zeitung zu lesen. Ihre Gedanken gleiten jedoch immer wieder über die Zeilen hinaus und entwerfen ein Spiel von Möglichkeiten, wie sie es hinkriegen könnte, mit Ties in ein Gespräch über ihre Abtreibung zu kommen.

Ties hat zwar nichts damit zu tun, und doch entspricht es nicht unserer Vertrautheit, wenn dieses Geheimnis zwischen uns steht. Andererseits habe ich Angst, dass zwischen uns etwas zerbricht und es zu Störungen in unserer Intimität kommt, die nicht wieder gut zu machen sind.

Im Verlauf unseres gemeinsamen Lebens hat sich für mich nie ein geeigneter, ein richtig guter Zeitpunkt ergeben, mich Ties mit meiner Entscheidung zum Schwangerschaftsabbruch anzuvertrauen.

Warum gerade jetzt?

Warum denn überhaupt?

Es ist schon eigentümlich, dass wir Beide uns über unsere
Vorgeschichte nur in groben Zügen unterrichtet haben.
Was weiß er von mir, bevor wir uns kennen lernten; und
was weiß ich von ihm?
Was muss eine Frau, ein Mann wissen von dem, was vorher
war, und wozu soll das gut sein?
Um sich besser zu verstehen?
Wir verstehen uns doch jetzt schon über 25 Jahre sehr gut –
ohne ein detailliertes Vorwissen. Wenn wir uns das Vorle-
ben erzählen, wird es doch nicht auszuschließen sein, dass
auf das später gemeinsam Erlebte ein ganz anderes Licht
geworfen wird.
Ties würde vielleicht besser verstehen, warum ich Marten
anfänglich nicht annehmen konnte, und ich erst, als Tante
Greta kam, langsam zu mir kam. Vielleicht würde ich Ties
andererseits besser verstehen, wenn ich seine Vorgeschich-
te noch genauer kennte.
Jetzt habe ich einen ersten Einblick bekommen. Wird Ties
mich noch tiefer in sich schauen lassen? Wie ging es weiter
mit Vadder-Hans, mit seinem endgültigen Abschied von
Schafsbüll? Ob er damals Freunde hatte? Oder Freundin-
nen? Ich weiß es nicht.
Zu mir war Ties von Anfang an sehr zärtlich, sehr liebe-
voll, sehr zurückhaltend; er wusste Bescheid, er war erfah-

59

ren, das habe ich gespürt. Das genügte mir; ich wollte gar
nichts davon hören, ob und was er mit anderen Mädchen
oder Frauen hatte. ‚Sex ist ein Liebesspiel – ein Spiel der
Liebe – es geht nur richtig mit Liebe – also lieben wir uns!‘
so Ties, und das hat mich damals total entlastet. Ich habe
gelernt, ihn zu lieben.

Ich muss und will Ties darauf ansprechen. Eben, weil er
heute das Wort ‚mein erstes Leben‘ wieder gebraucht hat.
Ich will, dass er mir mehr erzählt von seinem früheren
Leben, seinem ‚ersten Leben‘, wie er es nennt.

Was Sünje von Ties dann jedoch zu hören bekommt, hätte
sie sich in keiner Fantasie ausmalen können.

„Nun will ich dir noch etwas anderes aus meinem ersten
Leben erzählen, und wir mögen daraufhin Beide prüfen, ob
es überflüssig war, dir das zu erzählen, ich bin mir nicht
sicher, ob das für unser gemeinsames Leben wirklich hilf-
reich ist. Denn fraglos hat das mein erstes Leben bestimmt,
wieweit es mich heute, in meinem zweiten Leben noch
prägt – wer weiß das schon?“

„Nun, Ties, ‚überflüssig‘ war das schon mal nicht, was du
mir bisher erzählt hast.

Zum einen verstehe ich jetzt besser, warum du einerseits oft
so zurückhaltend, vorsichtig, ja misstrauisch bist. Immer

alles abwägst und dir die Kehrseite der Medaille anschaust. Dich fragst, ob es nicht auch noch ganz anders zu verstehen ist. -

Zum anderen rührt deine Geschichte mit Elfriede etwas in mir als Frau an."

Sünje hält inne, und als Ties nicht anfängt zu reden, versucht sie es:

„Du weißt, dass ich mich mit 16 an Ole gehalten habe. Eine Schulfreundschaft, die erst langsam in eine Liebschaft überging und noch zögerlicher in eine Sexualpartnerschaft. Von zu Hause aus war ich nicht prüde erzogen. Meine Mutter als gebürtige Schwedin hatte einen gänzlich unsentimentalen Umgang mit Nacktheit: wir hatten im Haus eine Sauna, in die mein Bruder und ich regelmäßig mit den Eltern gingen.

Im Rückblick möchte ich sagen, unsere, also Oles und meine, Sexualpraktiken waren langweilig, einfallslos – trotz unserer Jugend –, wenig spielerisch. Angenommen, ich hätte eine ähnliche Gelegenheit wie Elfriede gehabt, ich weiß nicht, ich glaube, ich hätte sie ebenfalls genutzt – ohne moralische Bedenken. Unserem Geschlechtsleben – ich meine wieder Ole und mich – hätte das nur gut getan. Ob ich es allerdings so locker gebracht hätte wie Elfriede, das bezweifle ich. Außerdem glaube ich, es hat für jede

Frau einen besonderen Reiz, einen Jüngeren zu verführen. Aber das ist nur ein ganz kleiner Ausschnitt in deinem Rückblick gewesen, Ties. Wenn du magst, erzähl mir noch von Vadder-Hans. Und wenn du dazu bereit bist, auch von deinem leiblichen Vater."

Der Tee in der Tasse ist kalt. Ties setzt die Teetasse ab und sagt weiterhin nichts, verliert sich in Gedanken.

Mein leiblicher Vater, Eberhard Bergle, zweifacher Doktor der Medizin, Facharzt für Chirurgie und Anästhesie, tödlich verunfallt mit 45 Jahren, beerdigt in Heilbronn.
Diese nüchternen Fakten kannte ich als Kind alle nicht. Dieser Vater tauchte für mich überhaupt nicht auf, und mir fiel es auch nicht auf, dass von ihm keine Rede war, selbst dann nicht, als ich begann, mich für meine leibliche Mutter zu interessieren. Erst nach der Begegnung mit ihr in Svendborg stellte ich mir die Frage nach meinem Erzeuger, und die wurde brennender, als ich von Elfriede erfuhr, wie es um mich stünde, wenn Vadder-Hans und Modder-Mia mal nicht mehr wären. Nur wusste ich nicht, wie ich dieses Thema angehen sollte. ,Nach dem Abitur' -, so beschloss ich für mich, dann werde ich Vadder-Hans ansprechen.

Doch kurz vor dem Abitur kam vom Amtsgericht Heilbronn die Mitteilung, dass mein Vater tödlich verunglückt sei und ich, Matthias Jensen, als einziger Angehöriger ermittelt wurde und mich um seine Beerdigung und seinen Nachlass kümmern sollte.

Ich fühlte sich dazu nicht in der Lage. Die bevorstehenden Abi-Klausuren einerseits, aber mehr noch: Das alles war völlig neu für mich, und es machte mich wütend und traurig zugleich. Keine Chance mehr, meinen leiblichen Vater leibhaftig zu erleben. Mit dem toten Erbe hatte ich nichts im Sinn; ich konnte und wollte mich nicht darauf einlassen. Ich schob es von mir weg, blendete es aus und konzentrierte mich auf das, was vor mir lag: das Abitur.

Wieder war es Vadder-Hans, der einen Weg wusste. Zusammen mit Hannes-Paster und ausgestattet mit einer notariellen Vollmacht von mir fuhr er nach Heilbronn und regelte alles.

„Weißt du, Sünje, meinen leiblichen Vater habe ich erst vermisst, als er tot war. Vadder-Hans war mein Vater. Er gab mir den Mut, neugierig auf die Welt um mich herum zu sein. Er ebnete mir den Weg zu anderen Vaterfiguren, von denen ich dir in der Nacht erzählte. Er und sie haben mich gelehrt, meinen Mann zu stehen. Das meine ich nicht chauvinistisch, vielmehr ganz einfach: meine Fähigkeiten zu entfalten und selbstbestimmt meinen Weg ins Leben zu gehen. Ich habe nie darüber nachgedacht, ob mein leiblicher Vater mir das ebenso hätte vermitteln können. Er war einfach nicht da, und die anderen: der Pastor, der Lehrer, der Schmied – die waren, auch aus meiner heutigen Sicht, schlicht großartig."

„Was hast du vermisst, als er tot war?"

„Warte, erst zurück zu Vadder-Hans, denn was ich vermisst habe, wurde mir erst nach dem Tod von Vadder-Hans so richtig bewusst.

„Nach dem Tod von Modder-Mia ging ich zum Sommersemester ins Studium nach Göttingen. Vadder-Hans arrangierte sich so, dass Frau Malinkat in meine Stadtwohnung zog – kostenfrei, und dafür dreimal in der Woche nach Schafsbüll kam und Vadder-Hans versorgte: Wäsche, Wohnung, Essen. Vadder-Hans zog sich ganz aus der Hofwirtschaft heraus, pflegte seine Kontakte zu Hannes-Paster, bis dieser pensioniert wurde und mit seiner Frau ins Seniorenheim ‚Kloster-St. Jürgen' in die Stadt zog. Dann auch mit dem Schulmeister, Hauke Nielsen, aber der blieb nicht mehr lange in Schafsbüll, sondern verbrachte seine letzten Lebensjahre bei seiner Tochter in Hamburg. Vadder-Hans ging viel übers Land, fuhr weiterhin einmal im Jahr zu seiner Tochterfamilie nach Svendborg, besuchte seine Schwägerin Christine in Tønder und weilte für mehrere Wochen bei seiner Schwester auf Amrum. Ich telefonierte mit ihm wöchentlich, ließ mir erzählen und erzählte ihm aus meinem Erleben – für mich eine willkommene Gelegenheit, platt zu reden. Und jedes Jahr zu Weihnachten war ich zuhause in Schafsbüll; darüber war Vadder-Hans sehr froh, denn so hatte er eine gute Begründung, nur kurzzeitig zur Familie Jensen auf den Hof zu gehen. Ich besuchte derweil Hannes-Paster im Kloster.

Dann brach landesweit die asiatische Grippe aus und wütete als Pandemie auch in Nordfriesland. Ich hatte mich schutzimpfen lassen, auch Vadder-Hans und Frau Malinkat dazu geraten. Aber nur Frau Malinkat ließ sich schutzimpfen, Vadder-Hans schützte sich ebenso wenig wie die Familie Jensen auf dem Hof. Kurz vor Weihnachten erkrankte Vadder-Hans an der asiatischen Grippe. Ich unterbrach meine Studien und fuhr sogleich nach Schafsbüll.

Dr. Petersen hatte beim Ausbruch der Grippewelle auch Vadder-Hans besucht, war besorgt über seinen körperlichen Zustand und riet zu einer stationären Behandlung im Kreiskrankenhaus, doch darauf wollte sich Vadder-Hans unter keinen Umständen einlassen. Auch als die Symptome einer

Lungenentzündung sich meldeten, blieb er dabei. Frau Malinkat und ich haben ihn treulich gepflegt, aber nach drei Tagen, am Heiligabend, meinem Geburtstag, starb Vadder-Hans – wir saßen an seinem Bett.

Wegen der hohen Ansteckungsgefahr durfte niemand vom Hof zum ihm, und Dr. Petersen riet uns aus demselben Grund, keinen Kontakt zur Familie Jensen aufzunehmen. So haben Frau Malinkat und ich Vadder-Hans eingesargt. Sein von mir getischlerter Sarg stand auf dem Boden. Der Nachfolger von Hannes-Paster, ein junger Geistlicher aus Kiel, hatte sich auch nicht geschützt, durfte also auch nicht in unser Haus. Deshalb fuhr ich in die Stadt und holte Hannes-Paster zur Aussegnung. Den kümmerten die ärztlichen Vorbehalte nicht.

Ob einer der Familie Jensen dann in der Leichenkapelle war, weiß ich nicht."

Der Tag der Beerdigung von Hans Jensen war zugleich der letzte Tag von Matthias Jensen in Schafsbüll. Da keiner vom Hof ins Altenteilerhaus kommen durfte, wurde Ties von den Vorbereitungen der Beerdigungsfeier nicht in Kenntnis gesetzt. Der junge Pastor war zum Trauergespräch nur bei der Hoffamilie gewesen und hatte auch nur sie und die Familie Sørensen aus Svendborg zum gemein-

samen Einzug zum Trauergottesdienst vom Konfirmandensaal in die Kirche eingeladen. Niemand hatte an Ties
gedacht und auch ihn dazu eingeladen.

Ties war mit anderem beschäftigt. Zusammen mit Frau
Malinkat räumte und säuberte er das ganze Haus, packte
seine acht für seinen Golf maßgetischlerten Sperrholzkisten
mit allem, was ihm in dem Haus noch gehörte und wichtig
war, und verstaute diese in seinem Auto.

Am Beerdigungstag fuhr Ties in die Stadt und holte Hannes-Paster ab. Als sie Beide, Hannes-Paster am Arm von
Ties gestützt, die Kirche betraten und die ersten Dorfbe-
wohner sie erkannten, erhoben sie sich. Während Ties und
Hannes-Paster zu dem im Chorraum aufgestellten Sarg
schritten und sich nach einer Weile stillen Gedenkens umwandten und nach einem Platz Ausschau hielten, schritten
sie vorbei an den für die beiden Familien reservierten
Bankreihen, sahen sie keinen freien Platz mehr, hielten
kurz inne und gingen dann langsam weiter auf den Ausgang
zu, von wo eine Treppe auf die Empore führte. Jedem war
klar, dass Hannes-Paster diese Treppe nicht würde empor-
steigen können. Da stand Hinrich Bahnsen auf, seine Frau
dann auch, und bot den Beiden ihre Plätze an: „Setten See
sik hier op düssen Platz daal, Herr Pastoor. Miene Froo un
ik gaan op den Mannsböhn." „Besten Dank ok, Hinni!"

sagte Hannes-Paster in die Stille der Kirche hinein, dass alle es vernahmen.

Die Beerdigungsglocke mit ihrem tiefen F würde gleich angeschlagen, wenn der Zug sich vom Konfirmandensaal in Bewegung setzte. Da kam der Küster auf Ties zu, um ihm zu sagen, dass die Organistin aus der Stadt noch nicht da sei, ob er denn nicht die Orgel schlagen könnte. Ties folgte ihm und begann mit dem ersten Glockenschlag den Choral „Wachet auf, ruft uns die Stimme" so zu intonieren und zu variieren, wie er es vielfältig von seinem Lehrmeister Hauke Nielsen gehört hatte. Einige, meist ältere Köpfe, wandten sich spontan um, schauten 'rauf zur Orgelbank und nickten Ties zu. Als die Familien mit dem Pastor einzogen, meinte Ties deutlich zu sehen, dass seine leibliche Mutter unruhig nach links und rechts schaute, so als ob sie jemand suchte, und das hieß doch wohl nur: ihn, Ties. Dessen Aufmerksamkeit galt jedoch dem Orgelspiel, und er machte sich weiter keine Gedanken.

Als die Trauergemeinde auszog, wollte Hinni Bahnsen Hannes-Paster, der ihn getauft und konfirmiert hatte, an den Arm nehmen, doch der beschied: „Ik tööv op Ties, Hinni." Und blieb sitzen, bis Ties ihn abholte.

Am Grab waren die letzten Worte und der Segen bereits gesprochen, als Hannes-Paster am Arm von Ties schweren

Schrittes auf die im Halbkreis stehenden Menschen zukam. Sie öffneten für die Beiden ein Spalier, durch das sie bis ans Grab schritten, kurz im gedenkenden Gebet verweilten und sich nach dem Erdwurf umwandten zum Gehen. Hannes-Paster strauchelte ein wenig, Hinni griff ihm unter den Arm und begleitete ihn zusammen mit Ties zum Ausgang des Kirchhofs bis an das Auto von Ties.

Dann fuhr Ties mit Hannes-Paster ab und brachte ihn zu seinem Domizil im Kloster St. Jürgen. Seitdem hat Ties Schafsbüll nie wieder betreten. Für Frau Malinkat, die ebenfalls an der Nachfeier im Kirchspielkrug nicht teilnehmen wollte, hatte Ties ein Taxi bestellt, das sie zu ihrer Stadtwohnung brachte, die Ties ihr in einem notariellen Vertrag von Dr. Arne Nielsen, Rechtsanwalt und Notar, dem Sohn des Schulmeisters, zeitlebens kostenfrei überlassen hatte.

Und noch etwas hatte Ties mit Arne geregelt: Im Testament von Vadder-Hans war ihm, neben einem Drittel seines nachgelassenen Barvermögens ein lebenslanges Wohnrecht in seiner Stube und der Schlafkammer im Altenteilerhaus zugesichert worden; darauf hatte Ties mit einer notariellen Erklärung verzichtet.

„Damit endet mein erstes Leben in Schafsbüll, Sünje."

„Du hast nie wieder etwas gehört und weißt nichts über die beiden Familien? Die sind doch deine nächsten Verwandten?"

„Was bedeutet schon Verwandtschaft, wenn du nicht gewollt und gemocht wirst –."

„Warst du darüber denn nie traurig oder auch wütend?"

„Nein, Sünje. Wenn, dann habe ich gelegentlich Sehnsucht nach meiner „Muttersprache", mich plattdeutsch zu unterhalten, und damit verbunden, plattdeutsch zu denken, die Welt und die Menschen geradeaus in den Blick zu nehmen, mit ehrlichem Herzen und einfachen Worten, so wie ich es gelernt und erlebt habe mit Hans und Marie Jensen, mit Lisa Jensen, mit Hannes-Paster, Hauke Nielsen und den anderen und mit Elfriede Ketelsen. Und selbst das böse Wort von Jens-Peter Jensen ist klar und unverstellt und unmissverständlich, und zwar so, wie man es im Hochdeutschen nicht sagen würde."

„Das kann ich dir nicht bieten, Ties, das weißt du. Aber mit Marie hast du so gesprochen, von klein auf. Marie hat eine Muttersprache und eine Vatersprache und ist in beiden zuhause."

„Ja, das macht mich glücklich, auch dass du uns das nicht neidest."

Beide versinken in nachdenkliches Schweigen.

„Ich will ja nicht drängen, Sünje, aber wir sind um viertel vor sieben mit Pastor Holdt im St. Nikolai-Kapitelsaal verabredet. Wir müssen jetzt los."

„Die Ausstellung interessiert dich ja weniger; du willst mit Pastor Holdt die Osterfeier im Henriettenstift besprechen."

„Ganz richtig, Sünje. Ja, ich nutze die Gelegenheit mit Pastor Holdt zu sprechen. Mich interessiert weniger, was aus deinem früheren Schüler für ein Künstler geworden ist. Also lass uns vor der offiziellen Eröffnung abschwirren und auf ein Glas Wein ins 'Sumpfloch' gehen, in unsere Ecke. – Ich ruf über mobil von unterwegs an und reservier unseren Platz."

∞

Das 'Sumpfloch' ist als reines Weinlokal im abgeteilten Souterrain eines alten Patrizierhauses am Altstädter Markt eingerichtet. In den übrigen Etagen des Hauses residiert eine angesehene Anwaltskanzlei. Neben der kleinen Küche, die ausschließlich Käseplatten in verschiedenen Größen und Varianten anbietet, und den vorgeschriebenen sanitären Einrichtungen besteht diese Weinstube aus einem Schankraum mit zwei langen naturbelassenen Buchentischen und durchgehenden Bänken zu beiden Seiten und aus einem Gastraum mit Sitzgruppen, die voneinander durch ansehnlich gestaltete Holztrennwände optisch und weitgehend auch akustisch abgeteilt sind. Der Ecktisch, den Ties reserviert hat, ist nur von der Kellnerin, der Frau des Inhabers, einzusehen, wenn sie den Raum betritt. Ties bestellt eine Karaffe Merlot, Wasser und eine kleine Platte mit französischen Käsesorten.

Sünje hat auf dem Weg zum 'Sumpfloch' an sich gehalten und darauf gewartet, ihr Gespräch erst wieder zu führen, wenn sie sich ,eingenistet' haben.

„Mit jeder Erzählung wird ein weiteres Siegel des Buches erbrochen, in dem die Geschichte meines ersten Lebens verwahrt ist. Keiner von uns Beiden weiß, ob das Lüften dieses Geheimnisses dir, mir, uns zum Wohle oder zum Schaden gereicht. Mit Geheimnissen leben die vertrautesten Menschen zusammen, ohne dass sie das stört. Wir können unmöglich füreinander wie ein offenes Buch sein. Ist jedoch ein Geheimnis als Geheimnis auch nur angesprochen oder erkannt, wird es unweigerlich zu einer quälend bohrenden Belastung und zerfrisst das Vertrauen, wenn es weiter gehütet und nicht aufgedeckt wird.

Ich erbreche jetzt ein weiteres Siegel, schlage das Buch auf und trage dir die nächsten Seiten vor."

„Seit gestern habe ich das Gefühl, dass etwas Neues in meinem, in unserem Leben aufbricht, Ties. Fassen kann ich es noch nicht. Ich weiß nicht, wohin es mich, uns führt. Ich spüre es unaufhaltsam kommen.

Ich will dir nämlich auch ein Geheimnis meines früheren Lebens anvertrauen, weil es mich, wenn ich es nicht loswerde, hindert, richtig weiter zu leben.

Aber erst du!"

„Im Grunde schließt sich das, was ich dir jetzt offenbare, unmittelbar an die Geschichte mit Elfriede an:

Ich war, das hatte ich schon angedeutet, für gleichaltrige Mädchen verloren; die waren, auch oder gerade wenn sie körperlich voll ausgereift waren, für mich kindische Gören. Ich weiß, das klingt überheblich, doch so war mein Grundgefühl. Ich traute denen nicht das zu, was Elfriede mir gegeben hatte, und also ließ ich sie links liegen. Eine Ute z.B. war eine Zeitlang total in mich verliebt. Ich konnte damit nichts anfangen, da ich keinen Sinn für eine romantische Teenager-Liebe hatte. Ich wollte Haut und bekam wortlos Haut, später auch Sex. Ich war einerseits mit allen Wassern gewaschen, andererseits ein Krüppel – irgendwie dann doch kein Mann, eher ein Baby."

„Du hattest nie eine Freundin?"

„Nein. Außer später dann dich, Sünje."

„Mit 17 war das doch vorbei mit Elfriede."

„Nach Elfriede, also während der Lehre und im Studium, hatte ich mit zwei Frauen eine vergleichbare Beziehung wie zu Elfriede, allerdings mit einem deutlichen Unterschied: diese Frauen waren ziemlich genau 15 Jahre älter als ich. – Ich sehe es an deinen Augen und an deiner Stirn, Sünje: du kapierst, es liegt ja auf der Hand.

Und sie waren Mütter."

„Alle so alt wie deine Mutter. Alle selber ebenfalls Mütter. Bist du da nicht stutzig geworden?"

„Eine der Frauen war die Mutter einer Nachhilfeschülerin von mir. Keine Sorge, die Tochter hat davon nichts mitgekriegt. Bei dieser Frau war der Hintergrund vielleicht auch, dass sie sich mir gegenüber erkenntlich zeigen wollte für meinen kostenlosen Nachhilfeunterricht, den ich ihrer Tochter zukommen ließ.

Diese Ersatzmutterbefriedigung bekam für mich den Ruch von Prostitution. Mein Körper reagierte psychosomatisch mit fortschreitender Impotenz. Da schließlich wurde ich grundstürzend stutzig.

Ich wollte ‚Frau' als ‚Mutter', aber im Grunde wollte ich mich an der Mutter als Frau rächen. Was bei Elfriede noch spielerisch daherkam, wurde bei den Mutter-Frauen von Mal zu Mal krasser: hart-fordernder, ja irgendwie animalischer Sex. Ich will das nicht beschönigen. Die Frauen haben das bereitwillig mitgemacht. Das führte zu einer symmetrischen Eskalation, die in mir einen zunehmenden postkoitalen Ekel evozierte – lass mich das so gestelzt beschreiben."

„Ich erkenne dich darin gar nicht wieder, Ties. Ich bin erschüttert, wie weit ein Mensch, du als Mann, pervertieren kann, weil und wenn die leibliche Mutter sich versagte."

„Bei all den Behinderungen, die meinen Start ins Leben vermurksten, folgten danach eine Reihe von glücklichen Umständen, die meine Genesung – so nenne ich das – begünstigten:

Ich hatte Geld genug und beschloss, nicht mehr zur Miete zu wohnen, sondern nahm mir eine eigene kleine Wohnung, um für mich zu sein.

In der Mensa der Uni traf ich einen Psychologen – genau wie ich mit seiner Dissertation beschäftigt - , kam mit ihm ins Gespräch, wir verabredeten uns, und schon beim ersten Treffen bat ich ihn, mit mir meine bisherige Lebensgeschichte zu reflektieren. Ich wollte was im Kopf klar kriegen."

„Davon hast du mir noch nie erzählt. Warst du in Therapie?"

„Nenn es, wie du willst. Offiziell war es keine Therapie. Wir verabredeten Spaziergänge, kannten nur unsere Vornamen, und ich erzählte, wie und was bisher für mich gelaufen war.

Gert, so hieß er, psychologisierte oder deutete zum Glück mit mir nicht herum. Mit einfachen Rück- und Nachfragen analysierten wir, was und wie ich aus den einzelnen Beziehungen und Ereignissen für mich gelernt hätte, was zu erhalten sich lohne, was zu verwerfen notwendig sei. Nach den Spaziergängen – es mögen sieben oder acht gewesen sein – legte ich mich aufs Bett und hörte mindestens eine Stunde lang Klaviermusik von Bach. Danach stand ich wie geläutert auf und setzte mich an meine Dissertation."

„Hast du noch Kontakt mit Gert gehalten?"

„Nein, so war unsere Absprache: wenn ich nicht mehr über mich reden wollte, gehen wir mit einem einfachen Händedruck auseinander. So haben wir es dann auch gehalten und uns nie wieder gesehen oder gesprochen."

„Nach diesen Gesprächen warst du von deinem verrückten Verlangen nach Mutterfrauen geheilt?"

„Ja, es war weg und ist nicht wieder aufgetreten." -

Sie essen ein wenig Käse und trinken einen Schluck Wein.

„Wie ging es weiter für dich?
Entschuldige bitte, Ties, dass ich dich so ausfrage. Meine
Neugierde nach dir ist geweckt: Du bist der Mensch, den
ich über alles liebe und von dem ich nicht lassen werde. Ich
bin glücklich mit dem, was du mir von dir gegeben hast –
vom ersten Tag unseres gemeinsamen Lebens an. Jetzt erst
entdecke ich die Narben deiner Seele. Und nun will ich
dich ganz sehen, das ist mein neugieriges Begehren."
„Nur: das alles wird zwischen uns stehen, Sünje."
„Als du das so nüchtern erzählt hast, hat sich mein Herz
zusammengekrampft. Ich bin zutiefst erschrocken darüber,
dass ich neben dir und mit dir gelebt habe, ohne auch nur
zu ahnen, was du durchgemacht hast."
„Ich wollte und will nicht um meines Schicksals willen
geliebt werden. Ich habe meine Fähigkeiten und Begabun-
gen, meine liebenswerten und schwierigen Seiten, und ganz
gewiss bin ich durch meine sozio-kulturelle Geburt geprägt.
Ich bin froh, dass es mir gelungen ist, das Gute daraus zu
machen und zu behalten und das Schlechte loszuwerden.
Allerdings war in mir stets die Sorge oder Angst, dass ich

wegen meines Schicksals, meines ‚ersten Lebens‘ nicht der sein könnte, der ich nach diesen Gesprächen nun gern bleiben wollte.

Es kommt ja noch etwas hinzu: von meinem leiblichen Vater weiß ich mehr, als ich dir bisher gesagt habe:

Auf seinem Sterbebett machte mich Vadder-Hans auf drei Aktenordner aufmerksam, die er hinter der auf den ersten Blick sichtbaren Reihe von Aktenordnern versteckt hielt; die sollte ich jetzt unbedingt an mich nehmen. Erst als ich nach seinem Tod und der Beerdigung wieder in Göttingen war, nahm ich diese Ordner zur Hand und studierte sie mit großem Erstaunen.

Ein Ordner war beschriftet mit Dr. Bergle; den hatte Vadder-Hans angelegt und führte ihn bis zum Tod meines leiblichen Vaters. Dem entnahm ich nichts Neues: er enthielt den Vertrag, von dem du weißt, die Kopien der Zeugnisse und Lebensbescheinigungen, die Abrechnungen und Anlagen der überwiesenen Gelder und in der letzten Rubrik die Unterlagen zum Todesfall und der Erbschaft.

Auf dem Rücken des zweiten Ordners stand: Catherine. Hierin waren alle Briefe und Fotos und die Geburts- und Adoptionsurkunde enthalten und obendrauf die Anschrift in Svendborg.

Der dritte   Ordner hatte es in sich: „Catherine und Matthias" stand auf seinem Rücken – mit deutlich erkennbar anderer Handschrift. Angelegt und geführt von meinem leiblichen Vater. Dem entnahm ich die groben Umrisse des Lebens meines leiblichen Vaters.

Eberhard Bergle war das Kind einer alleinerziehenden Frau aus Schwäbisch-Hall. Seine Mutter, Ursula Bergle, war vom bäuerlichen Betrieb auf der Schwäbischen Alb verstoßen worden, als sie mit 17 Jahren schwanger wurde und den Namen des Erzeugers nicht preisgeben wollte. Aus den Unterlagen entnahm ich, dass der Erzeuger der Dorfpfarrer war, der sich jedoch nie als Vater zu erkennen gegeben hatte und auch von Ursula Bergle nie verraten worden ist. Die Mutter führte ein schlichtes Leben als Verkäuferin in Schwäbisch-Hall, und es gab zeitlebens keinen Kontakt mehr zu ihrer Familie. Ihre ganze Liebe und Energie galt ihrem Sohn Eberhard. Sie starb (oder nahm sich das Leben, das blieb in den Unterlagen offen) als sie erfuhr, dass ihr geliebter Sohn Eberhard ein 15-jähriges Mädchen geschwängert hatte. Beerdigt wurde Ursula Bergle in Heilbronn, wohin es ihren Sohn nach dem abrupten Ende seiner Tätigkeit im Norden verschlagen hatte.

Ich war verblüfft und angegriffen ob der Wiederholung der Geschichte. Aber ehe ich mich in Gedanken über einen

Wiederholungszwang vertiefen konnte, fiel mir ein mehr-seitiger handschriftlicher Bericht meines leiblichen Vaters aus der Akte in die Hände, den ich sogleich durchlas und nun aus dem Staunen nicht mehr herauskam:

Eberhard Bergle hatte zwar dem Arrangement von Vadder-Hans zugestimmt und ihn auch zeitlebens gewissenhaft vollständig erfüllt. Jedoch hat er sich mehrere Jahre lang vergeblich bemüht, mit Catherine und ihrem Sohn in Kontakt zu kommen. Er liebte Catherine und er sehnte sich nach seinem Sohn. Diese Briefe wurden alle zurückge-schickt, bis Eberhard Bergle es aufgab und nun sein Bemü-hen darauf ausrichtete, seinem Sohn, sobald dieser volljäh-rig wäre, ein gutes Geld für sein Studium zu hinterlassen, mehr aber noch, dann endlich mit ihm in persönlichen Kontakt zu treten. Er bedauerte in diesem Schreiben, dass ihm als dem erfahren Arzt und Mann das Missgeschick der Schwängerung unterlaufen sei, das rechtfertige jedoch nicht den Vorwurf einer Verführung oder gar Vergewaltigung, da sie Beide in Liebe zugetan gewesen seien. Auch hätten sie, sobald es gesetzlich möglich gewesen wäre, geheiratet."

Sünje nimmt Ties' rechte Hand, führt sie an ihre Lippen und küsst seinen Handrücken. Als sie aufschaut, hat sie Tränen in den Augen:

„Ich liebe dich, Ties."

Ties zieht nun ihre Hand an seinen Mund:

„Ich dich auch, Sünje."

Er zückt sein Taschentuch und drückt es Sünje in die Hand.

Eine Weile essen und trinken sie schweigend.

Wieder arbeitet es erst im Kopf von Ties, bevor er sich ausspricht.

„Mein ganzes Weltbild brach zusammen. Die hehre, edle, gütige Gestalt meines Großvatervaters bekam hässliche Risse. Was waren seine Beweggründe, unter keinen Umständen meinem leiblichen Vater einen Kontakt zu seinem leiblichen Sohn zu ermöglichen? Anfänglich ja, das kann ich verstehen. Aber dann, spätestens als ich in die Pubertät kam oder nach meiner Konfirmation, da hätte er und auch Modder-Mia mich doch sehr wohl an ihn heranführen können, zumal Modder-Mia mir ja den Zugang zu meiner leiblichen Mutter ermöglichte. Hatten sie Angst, dass die kleine heile Welt Schafsbüll zerbrechen könnte, dass sie Konkurrenz bekämen, dass ich ihnen abhandenkommen könnte? Oder waren sie tatsächlich überzeugt davon, dass Eberhard Bergle ein unguter Mensch wäre, vor dem ich zu bewahren war? Oder war es Rache dafür, dass er das Leben ihrer geliebten Tochter Catherine „zerstört" hatte, wie sie meinten?

Ich kann niemanden mehr dazu befragen, alle sind tot. Nein, nicht alle: Catherine Sørensen lebt wohl noch, ich weiß es zwar nicht, ich nehme es nur von ihrem Alter her an. Und wer hätte mich von ihrem Tod benachrichtigen können und sollen? Die mir bekannten Onkel und Tanten in Dänemark sind alle verstorben, und von Jens-Peter Jensen ist nichts zu erwarten.

Auf jeden Fall gibt es seit dem zwei Seiten der Medaille für mich, und es nagt in mir, dass ich mich nicht früher auf den Weg zu meinem leiblichen Vater gemacht habe. Aber auch das ist vergangen und nicht wieder einholbar. So liegt mein leiblicher Vater mit seinen Sehnsüchten nicht nur in Heilbronn, sondern auch in der Akte in meinem Schreibtisch begraben.

Auf der Vorderseite des Grabsteins meiner Großeltern-Eltern hieße es nach mir: Hier ruhen meine geliebte Modder-Mia und mein hochverehrter Vadder-Hans; und auf der Rückseite wäre gemeißelt: Sie waren auch nur Menschen wie du und ich."

Sünje weiß nichts zu sagen. Ties setzt wieder an:

„Ich kann es nicht mehr ändern, Sünje, wie es gelaufen ist. Nur lebe ich mit den Gedanken und Gefühlen, um ein gutes

Stück meines Lebens betrogen worden zu sein. Wie wäre es geworden, wenn ... – niemand weiß es.

Und so ist es auch müßig und auch überflüssig, sich darüber einen Kopf zu machen."

„Na, ich weiß nicht, Ties. Vadder-Hans und Modder-Mia haben es gut gemeint mit dir. Und auch dein Vater Eberhard hat es gut gemeint mit dir. Das ist doch eine gute Erkenntnis. Ich kann nirgends einen Bösewicht ausmachen. Auch deine Mutter scheint in diesem Licht nicht als die abweisende Unmutter, sondern eher als ohnmächtige Kindmutter. In der ersten Panik, und jede Schwangerschaft gibt einen unerbittlichen Zeitzwang vor, in der Panik unter diesem Zeitdruck sind vielleicht zu strenge Entscheidungen getroffen worden. Aber alle Beteiligten haben dein Leben bejaht. Dass sie dennoch nicht zueinander finden konnten, ist die Tragik deines Lebens. Vielleicht auch die deines Vaters, wohl aber nicht deiner Mutter, scheint mir."

Als Ties darauf nichts sagt, sondern sie nur mit großen Augen ansieht, entschließt sich Sünje, ihm ihren Schwangerschaftsabbruch zu beichten

∞

*Jetzt ist der rechte Augenblick, mich Ties zu öffnen mit
meinem Geheimnis. Es ist wie eine Stunde der Wahrheit
zwischen uns. Auch diese Wahrheit wird – einmal ausgesprochen – unsere Wertschätzung füreinander verändern.*

„Ties, ich möchte dir ein Geständnis machen.
Es hat nicht direkt mit uns Beiden und schon gar nicht mit
dir zu tun – und irgendwie doch."
„Wir sollten uns nicht zu viel an einem Tag zumuten, Sün-
je, um unser Gleichgewicht nicht zu verlieren."
„Darum geht es mir, Ties:
Du hast etwas Gewichtiges in die eine Waagschale gewor-
fen. Jetzt beschwere ich meine Schale, ich weiß. Doch so
ist mir wohler dabei."
Ties legt seine Hände in den Schoß und sieht Sünje groß
an.
„Ein halbes Jahr bevor wir uns in Gøteborg begegneten,
habe ich eine Schwangerschaft abgebrochen."
Weiter kommt Sünje nicht; ihr fehlt der Atem. Die Stimme
ist wie verschluckt. Sie sieht den weichen, melancholischen
Blick, seine dunklen Augen auf sich ruhen. Er nimmt ihre
Hand und drückt sie zärtlich. Er lässt sie nicht wieder los:
„Ich halte dich, Sünje. Sag, was du loswerden möchtest."

„Es ist so furchtbar, Ties, ich werde das nicht los. Es liegt schon so lange zurück, und kann mich doch jeden Tag wieder einholen."

„Sünje, was holt dich ein."

„Mein Gewissen, Ties.

Etwas getan zu haben, was mit mir nicht im Einklang steht. Überhaupt nicht. Das bin ich nicht. Ich für mich empfinde den Schwangerschaftsabbruch als den schlimmsten Verrat, den eine Frau an sich begehen kann. –

Schwanger werden zu können, war für mich als Mädchen, als junge Frau das höchste Glück und Gut, das ich mir vorstellen konnte. Das muss ja nicht jede Frau so empfinden. Ich habe mich als Frau, die schwanger werden kann, als etwas Besonderes gesehen. Ihr Männer könnt das nicht. Weil ich als Frau das kann, trag ich eine besondere Verantwortung dafür, damit sorgfältig umzugehen."

„Wann und unter welchen Umständen, meinst du, hast du diese Sorgfaltspflicht verletzt."

„Ich hab damals gedacht, es muss zwingende Ausnahmen geben. Und: Ich stecke jetzt in solch einem Zwang, der eine Ausnahme rechtfertigt. –

Zweifel waren immer da. Später haben sie sich so verstärkt, dass ich mir beim Grübeln Vorwürfe deswegen gemacht habe. Das waren doch nur her gesuchte Einwände und

Vorwände. Die halten meiner Gewissensprüfung nicht stand."

„Schwanger werden und sein erzwingt für dein Gewissen, die Schwangerschaft ohne Wenn und Aber auszutragen – ist es das?"

„Ja und wieder nein.

Dein Großvater hat das Lebensrecht uneingeschränkt bejaht. Ihm verdankst du dein Leben.

Wenn ich anfange, das Lebensrecht eines Menschen, auch eines Embryos einzuschränken, Ties, das kann und will ich nicht. Wohin führt mich das – ich mag mir das nicht ausmalen. Ich kann mich so schwer erklären. Ich habe Lebensrecht eingeschränkt. Dieser Schwangerschaft gab ich, und niemand sonst, kein Recht auf Leben.

Wenn ich darlege, wie ich dazu kam, werde ich nicht wenige Menschen finden, die mir zustimmen. Mir ist diese meine Schwangerschaft nämlich aufgezwungen worden. Wie vielleicht auch deiner Mutter. Und wie es dazu kam, das will ich ebenfalls loswerden.

Ich hatte mich von Ole getrennt, schon einige Monate. Der wollte das nicht wahrhaben und kam immer wieder an. So auch am Tag vor meiner Abreise nach Gøteborg. Er kam zum Haus meiner Eltern und wollte sich – wie er sagte – nur von mir verabschieden. In Wirklichkeit hat er nochmal versucht, mich umzustimmen. Ich blieb entschieden, kühl und eindeutig abweisend.

Da ist er über mich hergefallen. Niemand außer uns war im Haus. Im Wohnzimmer meiner Eltern. Ich hatte keine Chance. Er hat sich nicht einmal die Mühe gemacht, mir den Slip runterzureißen. Hat wild in mich hineingestoßen. Als er fertig war, hab ich mich tot gestellt, bis er weg war. Daraufhin hab ich mich ganz lange geduscht. Bin dann in den Keller gegangen. Hab mir einen Restmüllsack geholt. Als erstes meine Sachen, die ich dabei angehabt hatte, rein! Alles, was ich von Ole in meinem Zimmer hatte, rein! Sack zu!

Als meine Eltern nach Hause kamen, nahm ich mir gleich das Auto, ab zur Mülldeponie und weg mit dem Sack in den Restmüllcontainer!

Meine Eltern waren ein wenig verdutzt, ich sagte nur: ‚Ich hab in meinem Zimmer aufgeräumt und will das alles los sein.'

Aber es ließ mich nicht los. Ein Samenfädchen hielt sich an mir fest, und sechs Wochen später, schon in Gøteborg, hatte ich die Gewissheit: schwanger! Und zugleich: Ich will nicht!"

„Das ist ja furchtbar, Sünje. Als ich dich kennen lernte, habe ich gespürt, dass du verletzt bist, tief verletzt bist. Ich wollte dich nicht bedrängen, schon gar nicht zwingen, mir zu erzählen, was dir widerfahren sei. Ich wusste nur, dass ich dich schützen und schonen wollte."

„Ja, es hat mich in der Tiefe meines Selbstvertrauens und meiner Selbstwahrnehmung verletzt. Das ist nur das eine. Das werdende Kind wurde tödlich verletzt. Das ist das andere. Meine Verletzung ist ganz wesentlich durch dich langsam geheilt worden, wenn auch mit Narben. Das Töten ist unumkehrbar – und das lässt mich nicht los."

„Sünje, die Entscheidung, eine Schwangerschaft abzubre- chen, lässt sich weder korrigieren noch rückgängig machen. Vielleicht jedoch wandelt sie sich in eine Haltung, alles Leben sehr differenziert zu achten und zu lieben.

Wie du mich und meine Art zu sein achtest und liebst, ist mir vorher in meinem Leben noch nicht widerfahren. Unse- re Kinder zehren davon. Dann deine Problemkinder in der Schule. Wie viel Lebenskraft strömt von dir in sie und ermutigt sie, weiter zu machen in der Schule und in ihrem Leben."

„Du hast das lieb gesagt, Ties. Ich weiß es auch, dass aus meinem Nein so viel Ja geworden ist.

Es war meine zweite Schwangerschaft, die erste mit dir. Die habe ich gern ausgetragen, das weißt du. Die Geburt unseres Marten. Nach dem ersten Schock wurde dieses Ja zum Leben unendlich sicher in mir bestärkt. Im ersten Schock, als ich Marten sah, dachte ich: Das ist die Strafe für dein unrechtes Tun!

Tante Greta kam; sie hatte mir den Weg zum Abbruch in Gøteborg gezeigt.

Jetzt fragte sie mich: ‚Sünje, wenn du gewusst hättest, dass Marten behindert zur Welt kommen wird, hättest du legal abtreiben dürfen. Hättest du es getan?‘ Da war ich mir sicher: Nein, niemals hätte ich das getan, niemals wäre das mein Weg gewesen.

Von da an lebte ich bewusst und entschieden und glücklich mit zwei Menschen: mit dir und mit Marten. Zwei Menschen, die auch nicht am Leben sein könnten.“

Als sie sich anschauen, beginnen Tränen aus ihren Augen ihren Weg zu suchen und tropfen auf Käse und Wein. Schniefend schmunzelnd bemerkt Sünje:

„Dann das dritte großartige Geschenk: Marie!“

Sie wischen sich die Augen, schnäuzen ihre Nasen, nehmen einen Schluck Wein und schweigen.

„Ties, dir ist Leben geschenkt worden, obwohl die Umstände eher dagegen sprachen. Deine Mutter hat dich damals gebeten: ‚Leb du dein Leben und lass mich meins leben‘. Für mich heißt das, sie wollte, dass du lebst und dass du dein Leben annimmst, und zwar so, wie es unter den gegebenen Umständen möglich ist. Und die waren ja wirklich nicht schlecht. –

Der einzig Betrogene scheint mir dein Vater zu sein. Dem hätte ich es gegönnt, seinen Sohn, und sei es mit achtzehn, mal richtig in den Arm zu nehmen. Mit ihm zu reden und zu lachen und Pläne zu schmieden. Das Leben mit ihm teilen. Das hätte deiner ehrfurchtsvollen und lieben Beziehung zu deinen Großeltern-Eltern gewiss keinen Abbruch getan."

Ties richtet sich auf, holt tief Luft, winkt der Kellnerin und bestellt noch je ein Glas Wein für sie Beide.

∞

Sünjes erster Gang, wenn sie nach Hause kommt, führt sie ins Wohnzimmer zum Sekretär, um nachzusehen, ob eine Nachricht auf dem Anrufbeantworter hinterlassen wurde.

„Ties, es blinkt, komm, hör mit. Ist vielleicht etwas für dich."

Aus der automatischen Ansage tönt verzerrt die Stimme von Marie:

‚Hallo, ihr Beiden! Wo steckt Ihr? Ich hab um kurz vor zehn bei Marten angerufen. Dem geht's nicht so gut. Fühlt

sich irgendwie komisch. Hab ihm gesagt, er soll einen Baldriantee trinken und sich ins Bett legen und morgen früh nicht aufstehen, bevor wir telefoniert haben. Das wird er so machen. Ich hab am Wochenende Dienst, bin schlecht zu erreichen. Vielleicht kannst du, Papa, gleich morgen früh bei Marten vorbeischauen, du stehst ja immer früh auf. Eine gute Nacht euch Beiden. Marie.'

„Ja, das mach ich."

„Du weckst mich, wenn du von deinem Morgenlauf zurück bist. Ich will mit."

„Du hast dich doch so darauf gefreut, morgen richtig ausschlafen zu können."

„Ties, bitte, ich möchte mitkommen."

„Gut. Ist in Ordnung. - Ich möchte noch ein wenig Musik hören. Vielleicht die ‚Lieder ohne Worte' von Mendelssohn-Bartholdi."

„Ja, ich auch. Ich leg mich aufs Sofa und du setzt dich zu mir, nimmst ein Kissen auf deinen Schoß, da kann ich meinen Kopf gut hinlegen."

Ohne zu reden durchstreifen Sünjes Gedanken unter den weichen Klängen der Klaviermusik den zurückliegenden Tag.

Erschöpft bin ich. Leer und zugleich übervoll.

Musste das alles sein?

Hätte es nicht dort bleiben können, wo es bisher verwahrt war?

Mein Leben wird sich jetzt an meinem anderen Bewusstsein ausrichten.

Es wird alles anders werden: Ich sehe Ties anders, und er mich, obwohl wir doch die alten bleiben.

Ich bin Sünje, mit allem, was ich durchlebt habe. Ich für mich bleibe, wer und wie ich war und bin. Der Schwanger- schaftsabbruch gehörte schon immer zu mir und hat mich in meinem Sein geprägt, ohne dass Ties etwas davon wuss- te. Wie genau bin ich denn jetzt für Ties anders?

Ties wird es für sich nicht anders einschätzen: ‚Mein ‚ers- tes‘ und mein weiteres Leben zusammen – das bin ich‘, wird er sagen, und: ‚ich bleibe für dich der Ties, den du kennst und liebst.‘

Warum hatte ich Sorge, dass ich von Ties weniger oder gar nicht geliebt würde, wenn ich ihm gleich die Narbe des Schwangerschaftsabbruchs gezeigt hätte? Wollte ich für ihn schöner sein als ich es war?

Wollte ich mich ihm als unversehrt geblieben, gleichsam jungfräulich präsentieren?

Wovor habe ich mich geschämt?

Einzugestehen, dass ich nicht so makellos bin wie ich er-
scheine? Keine Unbefleckte zu sein?

Welcher Beschämung ist Ties ausgewichen, als er mir sein
‚erstes Leben' vorenthalten hat? Not und Elend eines Kin-
des, eines Heranwachsenden, der aus seinem verkümmer-
ten Dasein heraus will - egal wie und mit wem – das bleibt
sein verzweifeltes Sein, auch wenn er es hinter sich gelas-
sen hat. Mir, seiner Frau, die ihn nur als liebevollen,
zärtlichen und umsichtigen Mann und Vater kennt, - mir
auch die pervertierte Seite seiner Sexualentwicklung zu
zeigen,- ich kann es verstehen, dass er das so lange hat
bleiben lassen.

Wir haben uns mitgeteilt. Wir teilen mehr miteinander als
zuvor. Unser gemeinsamer Hintergrund hat sich erweitert;
damit verstehen wir uns in einer anderen Dimension und
werden uns zugleich unverständlicher.

Jetzt erkennen wir uns entblößt, nackt wie wir sind – mit
unseren Brüchen und Schnitten, unseren Notoperationen
und Narben. Wir können uns beistehen und helfen, wenn
einer von uns an Narbenschmerzen leidet. Ich werde jedoch
– ebenso wenig wie Ties – die Augen davor verschließen
können, dass und wie die Wunden geschlagen wurden.

Ich fühle es: alles wird anders werden zwischen uns; wie,
weiß ich nicht. Ich wünsche mir, dass wir bleiben, wie wir
füreinander gewesen sind.

Sünje dreht sich zur Seite. Ties legt seine Hand auf ihren
Arm. So schwebt sie in den Schlaf.

∞

Eingerahmt und gehalten von Ties und Marie betritt Sünje
nach Pastor Holdt die Kapelle des Henriettenstifts.

Eine plötzliche Lungenblutung hatte Martens kurzes Leben
beendet. Morgens, als Ties und Sünje in Martens Zimmer
kamen, war er zwar noch bei Bewusstsein, konnte jedoch
nicht mehr sprechen, ohne Blut zu husten und zu spucken.

Marie war sofort gekommen, das war gut. Sie sprach mit
den Ärzten und klärte die Todesursache: pulmonale Angio-
dysplasie – eine vielfältige Gefäßmissbildung in der Lunge
kann bei Mongolismus zu einer tödlichen Lungenblutung
führen. An der ist Marten ganz schnell innerlich verblutet.

Ich begreif es, und auch wieder nicht. Marten ist in meinen
Armen gestorben. Sie haben ihn mir wegnehmen müssen.

Ich wollte ihn nicht hergeben. Marten gehört zu meinem Leben.

Ich bin hier dabei – wie im Traum. Ich höre sie reden, sie tönen indes wie aus einer anderen Sphäre. Ich sehe Menschen, seine Freunde und Freundinnen, ihre großen Augen und offenen Münder, doch ich weiß ihnen nichts zu sagen. Auch ich bin leer.

Still ist es, kein Laut von der sonst so munter geschwätzigen Gruppe, kein Aufstöhnen, kein Grunzen, kein Gähnen. Versteinert folgen die Bewegungen ihrer Augen und Köpfe Pastor Holdt. Der steht nun vor dem kleinen Altar, und sie lauschen – ohne einen Mucks von sich zu geben –, wie er vom Sterben ihres Mitstreiters, ihres Mitarbeiters, ihres Freundes erzählt. Im Halbkreis sitzen sie vor ihrem Pastor. Neben Pastor Holdt steht ein leerer Stuhl mit einem Teddy. Martens Teddy. Den kennen sie alle.

Aus Gesche bricht es heraus:

„Ich will den Teddy," klagt sie unter Tränen.

Anton, ein älterer Contergan-Behinderter, spricht beruhigend auf Gesche ein:

„Später, Gesche. Wir wollen doch erst das Lied singen und spielen, das Marten so liebte."

Jetzt kramen sie ihre schlichten Instrumente unter ihren Stühlen hervor: Klanghölzer, Tamburine, Triangel, Trommeln und Ernst seine Flöte. Sie musizieren und singen bis zur letzten Strophe:

Weißt du, wieviel Kinder frühe
steh'n aus ihrem Bettlein auf,
dass sie ohne Sorg und Mühe
fröhlich sind im Tageslauf?
Gott im Himmel hat an allen
seine Lust, sein Wohlgefallen,
Kennt auch dich und hat dich lieb.
Kennt auch dich und hat dich lieb.

Martens Lied. Sein Lied. Ties hat es ihm zuerst gesungen, dann auch ich, und er hat es mit sich genommen in sein neues Zuhause.
Ist Gesche seine Freundin? Manchmal hat Marten scherzhaft von seiner Freundin gesprochen, aber es blieb stets unklar, wen genau er damit meinte. Er sprach so lieb von ihr, dass ich, und Ties auch, dachten, er rede von Marie. ,Wir bringen uns zu Bett' und ,Wir haben ein Kind', das

sagte er. Ich wusste damit nichts anzufangen. Gesche – die
Freundin? Und Teddy ihr Kind?

„Sein Herz hat aufgehört zu schlagen, jetzt schlägt Gottes
Herz für ihn."

„Pastor, wo ist Marten jetzt?"

„Weißt du, wo die Sternlein stehen, Gesche? Dahin hat
Gottes Engel Marten gebracht."

„Kann Marten mich sehen von seinem Stern?"

„Ja, Gesche, er schaut dir zu, wie du hier lebst."

„Aber am Tag, da sehe ich die Sterne nicht. Sieht Marten
mich dann auch nicht?"

„Doch, Gesche, gerade am Tag sieht er dich. Da scheint die
Sonne und macht die Welt hell."

„Ich bin so allein. Marten war immer da. Neben mir. Wir
haben uns angefasst, und er hat mir geholfen bei der Arbeit.
Jetzt ist er nicht mehr da."

„Du hast ihn doch in deinem Herzen, Gesche."

„Ja, da bleibt er immer drin. -
Ich will bitte den Teddy haben. Er ist unser Kind, das haben
wir so gespielt. Das wisst ihr doch alle."

Sünje will sich erheben. Schwer nur kommt sie in den
Stand. Dann setzt sie sich wieder. Alle halten den Atem an.
Ties holt den Teddy:

„Pass gut auf euer Kind auf, Gesche."

„Danke, Ties", flüstert Sünje, schaut in die Runde und lächelt.

„Ich bin schwach. Ich möchte euch danke sagen. Mehr schaffe ich nicht: danke! - Martens Vater hat noch etwas für euch."

„Doc, du machst doch weiter mit uns?"

„Ja, Doc, du darfst uns nicht allein lassen, bitte!"

Wie vertraut sie alle mit Ties sind.

‚Doc' – das höre ich zum ersten Mal. Das passt zu ihm. Wer sich das wohl ausgedacht hat?

Ich bin in dieser Welt der Henriettenwerkstatt nie wirklich angekommen. Martens kleine Wohnung im Stift, die hab ich gern mit ihm eingerichtet. Und sonntags war er bei uns und durfte sich wünschen, was es zum Mittag geben sollte. Dann erzählte er von seinem Leben und seiner Arbeit, aber den Namen ‚Doc' hat er mir nicht verraten.

Nein, ‚Doc' wird sie nicht im Stich lassen, auch wenn das gemeinsame Tüfteln mit Marten zuende ist. ‚Doc' bleibt bei ihnen. Es ist das Vermächtnis Martens, das ihn an diese Menschen bindet. Solange er es irgend bewerkstelligen kann, wird er ihnen erhalten bleiben, so wird es sein.

Sünje hat das Ende der Abschiedsfeier nicht bewusst verfolgt.

Marten und Gesche mit ihrem ‚Kind' Teddy. Das Sternlein-Lied. Die Ruhe, mit der Pastor Holdt das Gespräch mit den Behinderten führte. Die unbekümmerte Art der Behinderten zu fragen. Die Vertrautheit mit ‚Doc'.

∞

Wo die Tage bis zur Trauerfeier auf dem Altstädter Friedhof am Freitag um 12 Uhr geblieben sind, weiß Sünje nicht zu sagen. Erst war so viel zu erledigen. Dann die Todesanzeigen verschicken. Olaf, ihr Bruder, war mit seiner Frau Lotta aus Gøteborg zur Beerdigung von Marten bereits am Donnerstag nach Anderstedt gekommen. Sünje funktioniert, mechanisch, wie in Trance, immer müde und zugleich wach, isst kaum etwas. Selbst zum Trinken muss Marie sie nötigen. Meist liegt sie auf ihrem Bett - wie tot.

Ties und Marie ordnen alles mit Bedacht. Sie nehmen sich immer wieder Zeit, Marten in ihre Mitte zu holen, von ihm zu erzählen, Fotos hervorzukramen, auf denen er besonders lebensfreudig strahlte, „seine" Bücher aufzuschlagen, die er selber gestaltet hatte und in die er seine „Gedichte" niedergeschrieben hatte.

Die Todesanzeige fassten sie ganz schlicht:

> Marten ist am Sonnabend ganz plötzlich gestorben.
> Wir waren bei ihm.
> Marten wurde 29 Jahre alt.
> Wir sind traurig und auch dankbar, dass er bei uns war.
> Sünje, Ties und Marie Jensen
>
> Der Gottesdienst zum Abschied von Marten Jensen
> am kommenden Freitag um 12 Uhr auf dem Altstädter Friedhof

Diese Anzeige wird nur an den Freundeskreis verschickt; die Todesanzeige in der Zeitung soll erst später erscheinen.

Als sie sich vom Grab wenden, bricht Sünje zusammen. Ties und Marie können sie noch gerade auffangen und zur nächsten Bank schleppen. Mehrere Ärzte sind zur Stelle, auch Dr. Neufeldt, mit dem Ties eng zusammenarbeitet. Jemand bringt ein Glas Wasser. Langsam kommt Sünje zu sich. Ein Taxi kommt langsam den Mittelweg herauf. Zehn Schritte bis dahin. Sie schaffen es. Dr. Neufeldt kündigt seinen unmittelbaren Besuch im Achterkamp an. Die Bestürzung und Aufregung legt sich; die Freunde gehen still auseinander.

Sünje liegt erschöpft in ihrem Bett. Ihre Augen suchen abwechselnd Ties und Marie.

„Wir finden wieder ins Leben, Sünje." Ties spricht ihr leise zu: „Wir bleiben bei dir, Marie hat das Wochenende frei. Olaf und Lotta fahren gleich ab, so sind wir unter uns."

Beide halten ihr die Hände. Marie prüft ihren Puls, der immer noch jagt. Dr. Neufeldt injiziert ihr ein sanftes Beruhigungsmittel. Sünje beruhigt sich, auch ihr Puls, ihr Kreislauf ist stabil. Nach wenigen Minuten versinkt sie in einen tiefen Schlaf. Marie bleibt am Bett ihrer Mutter sitzen. Ties verabschiedet Olaf und Lotta und bereitet dann einen Tee für sich und Marie.

Marie betritt das Wohnzimmer: „Mama atmet ruhig. Ihr Puls schlägt gleichmäßig normal. Eine leichte Röte ist in ihre Wangen zurückgekehrt". Ties scheint ihr gar nicht zuzuhören; er blickt unverwandt auf die Kondolenzliste in der schwarzen Mappe auf seinem Schoß.

„Ist was, Papa?"

„Ja, setz dich und nimm einen Schluck Tee, Marie."

„Was ist denn?"

„Auf der Kondolenzliste haben sich auch eingetragen: Catherine und Christian Sørensen – das begreif ich nicht. Wie kann das sein?"

Marie schluckt, wird sogar rot, schaut ihrem Vater jedoch unvermittelt in die Augen.

„Ich kann dir das erklären, Papa. –

Ehrlich gesagt: ich schäme mich, dass ich dich, ja euch nicht früher eingeweiht habe.

Es begann im letzten Jahr. Zwischen Weihnachten und Neujahr. Da wart ihr für drei Tage nach Frankfurt zu einer Ausstellung gefahren, und Marten und ich waren hier allein im Haus. Ich brauchte eine Kopie meines Abi Zeugnisses und wusste, dass das Original von dir in der Urkundenmappe verwahrt wird. Als ich die linke untere Seitentür deines Schreibtisches öffnete, fiel mein Blick auf mehrere Ordner. Einer zog mich magisch an: Catherine stand auf seinem Rücken. Zunächst zögerte ich kurz. Mein Gewissen schlug: Den darfst du nicht einfach zur Hand nehmen, ohne deinen Vater zu fragen. Nun, ich tat es doch, schlug ihn auf und oben auf lag ein weißes Blatt mit der Anschrift von Catherine Sørensen Rantzausmindevej 21, DK 5700 Svendborg. Ich hielt inne, überlegte kurz, schrieb mir die Anschrift ab, blätterte nicht weiter in dem Ordner, sondern stellte ihn zurück.

Es hat dann fast bis Ende Januar gedauert, bis ich soweit war, meiner Großmutter Catherine Sørensen zu schreiben; ich wusste ja von dir, wer das ist, auch wenn du uns nur sehr wenig von deiner leiblichen Mutter erzählt hast, sondern immer mehr von Vadder-Hans und Modder-Mia, die dich adoptiert und großgezogen haben. Es wurde fast zu einer fixen Idee bei mir, dass ich meine Großmutter kennenlernen wollte. Ob sie noch lebte? Ob sie mich kennenlernen wollte? Ob sie mir überhaupt antworten würde?

Ich schrieb ihr einen Brief, in dem ich ihr von mir als ihrer Enkelin erzählte, nur von mir, nichts über dich, Mama, Marten. Etwa vierzehn Tage später erhielt ich eine Antwort von ihr:

Eine Blumenkarte, offensichtlich ein eigenes Foto aus ihrem Garten, auf der Rückseite ein mit großen Lettern geschriebenes DANKE, darunter: Schreib mir bitte mehr, Marie! Deine Großmutter Catherine. Also, sie lebt, und sie will durchaus etwas von mir.

In meinem zweiten Brief schrieb ich ihr von Marten. Dabei ging es nicht, dich und auch Mama nicht zu erwähnen. Und wieder bekam ich etwa vierzehn Tage später eine Blumenkarte mit dem großen DANKE, dazu diesmal den Text: Schreib mir bitte von deinem Vater und deiner Mutter! Deine Großmutter Catherine. Jetzt zögerte ich, denn meine Erinnerung an deine Aussagen über deine leibliche Mutter waren stets sehr zurückhaltend und geheimnisvoll nebulös. Wir haben ja alle nicht gewagt, dich genauer darüber auszufragen. Wäre es dir recht, wenn ich deiner Mutter ohne deine Zustimmung von dir und auch von Sünje berichtete? Ich entschloss mich, alles Bisherige dir und euch zu offenbaren und ihr erst danach erneut zu schreiben.

Doch dann ist Marten ganz plötzlich gestorben. –

Wir haben den Freunden Todesanzeigen geschickt, und ich habe mich eigenmächtig entschieden, deiner Mutter, unserer Großmutter auch eine zu schicken – per Express. Ich dachte mir, das muss sie wissen. Und dass sie jetzt Geduld haben muss. Ich habe niemals damit gerechnet, dass sie und Christian Sørensen zur Beerdigung nach Anderstedt kommen werden. Ich dachte mir, so versteht sie, warum ich ihr nicht schreibe. Aber – ich habe mich geirrt."

Das Kondolenzblatt in Ties' Händen zittert leicht; seine Augen glänzen leicht von andrängenden Tränen. Dann räuspert er sich:

„Dat hest du fein maakt, Marie!", legt das Blatt beiseite und seine Hand auf ihre. Sie schweigen. Ties lehnt sich zurück, Beide nehmen einen Schluck Tee.

∞

„Wo sind die Beiden jetzt? Noch in Anderstedt? Und wenn ja, in welchem Hotel? Oder doch schon auf dem Rückweg?

Sie wollten uns nahe sein und sind uns nahe gekommen und doch nicht zu uns gekommen."

„Es könnte doch sein, Papa, dass sie durch Mamas Ohnmacht auf dem Friedhof in ihrem Plan durcheinander geraten sind. Sie wissen Beide, dass wenn sie zu uns kommen, es eine große Aufregung für alle ist. Eine Aufregung, die sie Mama nicht zumuten möchten. Dem kann ich nur zustimmen."

„Das mag sehr wohl so sein, Marie.

Ich versuche, meine Gedanken zu ordnen. Diesmal geht meine Mutter auf mich und euch zu, und da bin ich mir ganz sicher: Ich weise sie nicht zurück und lasse sie ihr Leben leben. Sie will ihr Leben offensichtlich mit unserem verknüpfen. Und doch wird sie davon abgehalten, vielleicht durch den unglücklichen, aber nachvollziehbaren Umstand, dass Sünjes Kräfte versagten. Also, was bleibt uns zu tun."

„Wir können unmöglich alle Hotels abklappern und nachfragen, ob da ein Ehepaar Sørensen aus Svendborg in Dänemark logiert oder logiert hat."

„Höchstens das Hotel ScandicStar sollte ich mal anrufen. Ich weiß, dass die Nordmenschen dort gern absteigen, weil an der Rezeption alle nordischen Sprachen gesprochen werden."

„Oder soll ich einfach dort mal hinfahren? Ich spreche Dänisch, und möglicherweise geben sie mir dann bereitwillig Auskunft. Denn normalerweise dürfen die das ja gar nicht -."

„Du solltest auf jeden Fall deinen und auch meinen Ausweis mitnehmen und vielleicht auch die Todesanzeige von Marten, ich glaube, wir haben noch einige."

Nach einer knappen Stunde kommt Marie zurück und wedelt mit einem Briefumschlag.

„Tatsächlich haben Catherine und Christian Sørensen gestern im ScandicStar eingecheckt, sind aber heute Nachmittag vorzeitig wieder abgereist, und zwar mit der Begründung, die wir schon vermutet hatten. An der Rezeption kannten sie den genauen Vorgang der Beerdigung und waren sehr freundlich zu mir. Und nun kommt's. Der Hotelportier gab mir diesen Brief, adressiert an Dr. Marie Jensen bei Dr. Matthias Jensen, Achterkamp 7 in Anderstedt. Deine Mutter hatte ihn gebeten, diesen Brief nach seinem Dienstschluss bei uns vorbei zu bringen, und er war sehr glücklich, mir diesen Brief nun persönlich aushändigen zu können.

Liebe Marie!

Danke, dass du uns die Todesanzeige von Marten geschickt hast.

Wir sind mit euch traurig. Marten ist mein ältester Enkelsohn. Ich hätte ihn gern persönlich kennen gelernt. Du hast ihn mir so lebhaft geschildert. Er ist mir ans Herz gewachsen.

Wir wollten euch nach der Trauerfeier besuchen. Nach dem Ohnmachtsanfall deiner Mutter haben wir entschieden, das nicht zu tun, sondern sind gleich zurückgefahren. Wir hoffen sehr, dass es deiner Mutter Sünje wieder besser geht. Wir wünschen ihr, dass sie zu ihren Kräften findet.

Sag bitte deinem Vater, dass ich mich dunach sehne, ihn und euch persönlich in die Arme zu nehmen. Christian und ich laden euch ein, zu uns nach Svendborg zu kommen. Ich stehe an der Gartenpforte und halte sie weit offen für Ties und euch.

Deine Großmutter Catherine

Marie liest den Brief immer und immer wieder vor. Dann gehen sie ins Schlafzimmer zu Sünje, wollen auch ihr diesen Brief zeigen. Doch Sünje liegt in tiefem gleichmäßigen Schlaf.

Ties bittet Marie, den Brief der Mutter leise vorzulesen; vielleicht hört ihr Herz das doch.

∞

Nach dem Himmelfahrtstag ist an Sünjes Schule der Brückentag zum Wochenende als Ferientag angesetzt. Auch für Marie ergibt sich ein langes Wochenende. So brechen die Drei bereits am frühen Mittwochnachmittag zu ihrer Nordlandtour auf.

Zunächst geht es in Richtung Schafsbüll. Mit Dr. Arne Nielsen treffen sie sich gegen sechs Uhr in seiner Kanzlei in der Stadt. Arne hatte das vorgeschlagen in der Absicht, Ties zuvor über die Entwicklungen in Schafsbüll zu informieren. Dann möge er entscheiden, ob er nach Schafsbüll fahren wolle. Das klang ein wenig geheimnisvoll. Ties jedoch spekulierte nicht weiter darüber, sondern wollte abwarten, was auf ihn zukäme. Arne hatte die Ferienwohnung für sie reserviert, allerdings nur bis zehn Uhr am

Himmelfahrtstag, dann wurden neue Feriengäste erwartet. Arne begrüßte sie herzlich und hatte zum Empfang belegte Brote und Getränke bereitstellen lassen.

„Ich berichte dir und euch chronologisch. Das erscheint mir sinnvoll, da es die heutigen Gegebenheiten in ihrer Entwicklung veranschaulicht.

Du, Ties, hattest, nachdem du Hannes-Paster im Kloster abgesetzt hattest, in meiner Kanzlei sämtliche Schlüssel für das Altenteilerhaus in Schafsbüll hinterlegt. Am nächsten Morgen kamen Jens-Peter und Catherine vereinbarungsgemäß hierher zu mir in die Kanzlei, um ihre Exemplare des väterlichen Testaments in Empfang zu nehmen.

Ich spürte sogleich die angespannte Atmosphäre zwischen den Beiden. Jens-Peter fragte kühl an, ob es für ihn noch etwas zu besprechen gäbe, wenn nein, wolle er gleich zurück auf den Hof. Und schon war er aus der Tür. Catherine sagte mir dann, sie habe Jens-Peter Vorhaltungen gemacht, weil er dich, Ties, bei der Beerdigung, offensichtlich für alle, wohl absichtlich ausgegrenzt hätte. Und da Beide im Prinzip den Inhalt des Testaments kannten, kam bei dieser Begegnung wohl auch zur Sprache, dass Jens-Peter mit der Überschreibung des Altenteilerhauses und dem lebenslangen Wohnrecht für Ties in diesem Haus überhaupt nicht einverstanden war. Das führte zu einer scharfen Auseinandersetzung zwischen den Geschwistern, die noch bis in meine Kanzlei hinein zu spüren war.

Catherine war überrascht, als ich ihr deine Verzichtserklärung hinsichtlich des Wohnrechts übergab. Nach kurzer Bedenkpause fragte sie mich dann, ob ich es für machbar halte, das Altenteilerhaus zu verkaufen. Das bejahte ich, denn immer mehr reiche Hamburger suchen sich ein Wochenend- und Feriendomizil an der Nordsee und in der Nähe der Stadt. Sie erbat sich eine Bedenkzeit von einigen Wochen, dann wollte sie mich informieren, was zu tun sei. Und so kam es denn auch. Catherine hatte sich das Haus mit mir nochmals in Ruhe angesehen, eine Reihe von Möbeln markiert, die sie behalten wollte, unter anderem auch die beiden Türen, die zu deinen Zimmern führten und in deren obere Kassette du jeweils sehr kunstvoll dein Monogramm geschnitzt hattest. Nach sechs Wochen kam ein Möbeltransporter aus Svendborg, holte sie Sachen ab, und nach neun Wochen war das Haus verkauft. Seitdem sprach Jens-Peter nicht mehr mit mir; er meinte wohl, wie mir kolportiert wurde, ich hätte das verhindern müssen. Nach der Abwicklung des Kaufvertrages habe ich keinen Kontakt mehr mit Catherine gehabt, d.h. sie hat zwei- oder dreimal in der Kanzlei angerufen und nach deiner Anschrift gefragt. Die konnten wir ihr nicht geben, da du jedes Mal gerade im

Umzug begriffen warst. Catherine ist auch nicht mehr in Schafsbüll gesehen worden. Erst von dir habe ich gehört, dass sie noch lebt und ihr sie besuchen wollt.

Der neue Besitzer hat das Haus entkernt und von Grund auf modernisiert; äußerlich ist alles so wie es war, jetzt jedoch mit Thermopanefenstern und einem neuen Reetdach. Der Schuppen hinterm Haus ist durch eine im Stil des Vorderhauses gemauerte Garage ersetzt worden. Auf der Streuobstwiese hinterm Haus sind wohl etliche Obstbäume inzwischen ersetzt worden. Am schönsten finde ich, dass die neuen Besitzer den Vordergarten ganz in der Art deiner Großmutter-Mutter weiterhin gestalten – bis hin zu dem grünen Lattenzaun mit der altertümlichen Pforte."

„Das ist ja alles gut zu wissen, lieber Arne, und ich freue mich, dass es das Haus noch gibt, wenn auch innerlich anders. Irgendwie bin ich gespannt, was meine Mutter sich dabei gedacht hat, meine beiden Türen mitzunehmen. Na, das werden wir bald erfahren. –

Und wie sieht es auf dem Hof aus? Und sonst so im Dorf?"

„Der Hof ist eine Tragödie, Ties. Erst lief alles wie gewohnt. Dann ein schlimmer Unfall: Jens-Peter geriet unter den Reifen eines Ladewagens. Die Umstände konnten nie genau geklärt werden. Er war allein am Wagen; der stand wohl ein wenig abschüssig, aber Jens-Peter kannte seinen

Hof doch in- und auswendig. Becken- und Oberschenkelknochen zertrümmert. Ein Rettungshubschrauber brachte ihn nach Hamburg in eine Spezialklinik. Die Ärzte dort haben ihn irgendwie wieder zusammengeflickt, aber als er nach etlichen Monaten, ich glaub, es war fast ein Jahr, zurückkam, ging er immer noch an Krücken. Ein junger Betriebshelfer aus Angeln führte den Hof - wie alle Bauern sagten – sehr gut. Jens-Peter war, nachdem er entlassen worden war, nur einen Tag auf dem Hof; am Abend fand man ihn erhängt auf dem Heuboden des alten Kuhstalls. –"

„Ein schreckliches Ende.

Er war mit Leib und Seele Bauer.

Etwas anderes gab es für ihn nicht.

Und nun, nicht mehr Bauer sein zu können und dann noch bei den alltäglichen Verrichtungen auf Hilfe angewiesen zu sein -.

Ich kann ihn verstehen, wenn er seinem Leben von sich aus ein Ende gesetzt hat. Auch wenn das für seine Frau und seine Kinder furchtbar gewesen sein muss."

„Das letzte Kind machte gerade Abitur, die beiden Älteren waren schon im Studium. Jetzt leben die in Hamburg und in Berlin. Elke wollte so schnell wie möglich weg vom Hof. Ich half ihr, mit Ernst Hansen, diesem Betriebshelfer aus Angeln, einen langjährigen Pachtvertrag abzuschließen.

Der wollte den Hof gern in Pacht übernehmen, hat bald danach geheiratet und lebt noch heute auf dem Hof. Ernst Hansen ist froh und zufrieden, dass er nur Pächter ist: ‚Weiß ich, ob eines unserer Kinder Bauer werden will? Keines soll sich genötigt fühlen, den väterlichen Hof zu übernehmen.'

Elke ist zunächst in die Stadt gezogen, vor allem wohl Imkes wegen, die war noch nicht mit der Schule fertig. Jetzt lebt Elke wieder auf Nordstrand. Man sieht niemanden von der Familie Jensen in Schafsbüll. Der Küster pflegt das Familiengrab.

Bei der Beerdigung von Jens-Peter bin ich von etlichen angesprochen worden, ob ich etwas von dir wüsste, du seist ja nicht gekommen. Ich antwortete wahrheitsgemäß, dass du mit deiner Familie in Anderstedt lebst und keinen Kontakt zur Hoffamilie hättest."

„Das ist ein tragisches Ende der Familie Jensen in Schafsbüll. Wenn ich bedenke, wie Vadder-Hans und Modder-Mia im Dorf dastanden. Zusammen mit Hannes-Paster und Schulmeister Nielsen, deinem Vater, waren sie doch das Leitgestirn des Dorfes, von allen geachtet und auch gemocht. Jetzt ist davon nichts mehr da."

„Ja, so ist es. Und ich wollte dir das heute erzählen, bevor ihr nach Schafsbüll fahrt.

Ansonsten ist das Dorf kaum verändert, außer dass es immer mehr Ferienwohnungen dort gibt. Das alte Kätnerhaus der Malinkats hat sogar einen Käufer gefunden und ist zu einem schmucken Ferienhaus umgestaltet worden. Ich habe mir das Dorfschulhaus gekauft, es für meine Familie großzügig umgebaut und den alten Schulklassenraum zu einem Dorfgemeinschaftsraum mit Küche und Toiletten ausgebaut; den kann jeder für seine privaten Feiern mieten, und das läuft prima.

Der junge Pastor von damals ist inzwischen alt geworden. Wenn ihr morgen ins Dorf kommt, gibt es dort einen Himmelfahrtsgottesdienst unter freiem Himmel im Pastoratsgarten. Und wenn du nochmal an die Orgel willst, halt dich an Nis Carstensen, den Küster, der gibt dir bestimmt den Schlüssel für die Kirche."

„Danke, Arne, dass du dir für uns die Zeit genommen hast. Wenn ich zurück in Anderstedt bin, schreibe ich dir, wie es mir in Schafsbüll ergangen ist. Und vielleicht komme ich, kommen wir dann mal wieder."

Ties parkt an der Friedhofsmauer, wo er auch mit seinem Auto bei der Beerdigung von Vadder-Hans gestanden hat. Nis Carstensen hat ihm gern den Kirchenschlüssel gegeben.

Sünje und Marie sitzen im Kirchenschiff und lauschen dem Orgelspiel. Ties spielt wie damals.

Dann gehen sie ans Grab, lesen die Inschrift, verweilen in Gedanken und wenden sich zum Ausgang. Kein Wort fällt. Es ist alles gesagt.

In Dagebüll erreichen sie zur rechten Zeit das Fährschiff nach Amrum. Sie leihen sich Fahrräder, und Ties zeigt ihnen die Insel und vor allem das Haus von Tante Lisa, inzwischen zu einem Hotel ausgebaut. Die frische Nordseeluft tut ihnen gut nach all dem Schweren, das sie gestern zu hören bekamen. Auf der Rückfahrt sind sie alle ein wenig beschwingt und freuen sich darauf, nun nach Tønder zu kommen, wo Ties geboren wurde.

In Tønder steht das Geburtshaus noch, aber es leben dort keine Nachfahren der Schwester von Modder-Mia mehr. Nach dem Tod dieser Generation war für Ties der Kontakt zur dänischen Verwandtschaft eingeschlafen.

Am nächsten Morgen starten sie rechtzeitig Richtung Sønderborg zur Fähre nach Svendborg; Ties hat einen Fährplatz für die 10-Uhr Fähre gebucht.

∞

Sie suchen sich einen Platz auf dem Oberdeck. Die Sonne scheint. Es weht kaum eine Brise: ein herrlicher Frühsommertag. Ties hatte seiner Mutter telefonisch mitgeteilt, mit welcher Fähre sie in Faaborg ankommen werden.

Den Weg zum Rantzausmindevej erkennt Ties sofort wieder. An der letzten Biegung vor der Nummer 21 hält Ties an und bittet Marie, das Steuer zu übernehmen.

„Ich will zu Fuß voraus gehen; ihr seht mich ja und könnt langsam hinterher kommen."

Ganz langsam lässt Marie den Wogen rollen. Da vorne geht Ties. Und sie sehen eine Frau an der Gartenpforte stehen. Jetzt steht Ties davor. Die Frau, ganz offensichtlich Catherine, öffnet die Pforte weit und streckt Ties ihre Hand entgegen. Sie reden miteinander. Ties nimmt die Hand. Catherine zieht ihn zu sich. Sie fallen sich in die Arme. Marie hält unwillkürlich an. Sünje und auch Marie schauen dem Geschehen mit großen Augen zu und sind still ergriffen. Plötzlich klopft es an der Scheibe. Marie zuckt zusammen. Der Mann deutet an, sie möge das Fenster herunterlassen.

„Ich bin Christian Sørensen. Steigt bitte aus und geht zu den Beiden. Ich weiß, wo ich euer Auto am besten einparken kann."

Sünje und Marie gehen zu Catherine und Ties. Sünje ergreift Maries Arm. „Hoffentlich falle ich nicht in Ohnmacht", flüstert sie Marie zu. Catherine löst sich aus der Umarmung mit Ties und geht auf sie zu. Dann zieht sie alle Drei mit sich ins Haus und durch das Haus auf die hintere Gartenterrasse. Es ist alles vorbereitet: Kaffee, Kekse, fünf mit Polstern ausgelegte Gartenstühle und auf einem Beistelltisch drei dicke Sammelmappen.

„Wir warten noch eben auf Christian. Ich möchte, dass er von Anfang an dabei ist. Vielleicht vergesse ich etwas zu sagen, dann wird er mir einhelfen."

während Catherine den Kaffee einschenkt, kommt Christian bereits.

∞

„Ich möchte euch von meinem Leben erzählen. Bitte hört mir zu, bis ich fertig bin. Es ist vieles so ineinander verschlungen. Wenn ich am Ende bin, dann mögt ihr mich gerne fragen."

Catherine wartet einen Augenblick, schaut in die Runde und, da niemand etwas sagt, beginnt sie:

„Fünfzehn Jahre war ich alt, als ich mit dir schwanger war, Ties. Ein sehr junges, unerfahrenes Mädchen. Unsterblich verliebt in den aufstrebenden Arzt Eberhard Bergle. Keiner von uns Beiden hat die Schwangerschaft gewollt, sie war da. Und als sie da war, nötigte sie uns zum Handeln: Ich musste geschützt werden, der Arzt musste geschützt werden. Und vor allem: Du, Ties, musstest geschützt werden. Darin waren meine Eltern und ich und auch Eberhard Bergle uns einig. Die Lösung ist euch bekannt. Hinterher mag manchem vieles einfallen, was man anders hätte machen können; mich interessiert das nicht. Ich bin bis heute noch Modder-Mia, Vadder-Hans und Tante Christine von Herzen dankbar. Sie haben mich durch die Tage und Wochen der Schwangerschaft getragen. Ich habe damals viel geweint, und manches Mal wollte ich nicht mehr leben, dachte, es wäre doch eine Erlösung, wenn ich und auch das Kind unter der Geburt stürben.

Du kamst völlig unkompliziert zur Welt. Nur Modder-Mia und Tante Christine waren dabei; sie kannten sich aus.
Wenige Tage nach der Entbindung spürte ich in mir einen Wandel: Ich war wieder zuversichtlich und wollte leben. Und ich wollte so leben, wie wir, also meine Eltern, Tante Christine und ich, es uns gemeinsam ausgedacht hatten. Ich lebe mein Leben und du bist bei meiner Mutter in sehr guten Händen, Ties. Das war für mich in Ordnung so. Sie

war noch keine vierzig, und ich selbst hatte sie als sehr liebevolle Mutter erlebt. Als mein Vater dann später mit der Nachricht kam, dass alles geklappt hatte, erst mit der Eintragung der Geburt und dann der Zustimmung des Jugendamtes, dass du an Sohnes statt von meinen Eltern angenommen werden könntest, da sah ich ein neues Leben vor mir.

Tante Christine, Leiterin der Realschule für Mädchen in Tønder überzeugte mich, Dänisch mit ihr zu lernen. Zusammen mit ihrem Mann, Onkel Bjarne, der auch Lehrer war, bereiteten sie mich darauf vor, nach den Osterferien die Realschule zu besuchen. Mit dem Abschluss war mir eine Ausbildung als Säuglings- und Kinderkrankenschwester möglich.

Ich habe alles geschafft und gern im Krankenhaus Tønder gearbeitet. Die Säuglinge und Kinder gaben wir das Gefühl, nicht nur fachlich auf der Höhe zu sein, sondern auch irgendwie eine „gute Mutter".

Zum 50. Geburtstag von Tante Christine kam das ganze Kollegium zu uns ins Haus. Unter ihnen auch der junge Lehrer Christian Sørensen. Wir waren irgendwie für einander bestimmt, das fühlten wir Beide. Ja und das sagten auch die, die uns kannten.

Christian wusste von Anfang an um dich, Ties. Durch all die Jahre ist er mir ein treuer Berater gewesen, wenn ich deinetwegen traurig oder ratlos oder gar verzweifelt war.

Das war das erste Mal, als du mit fünfzehn Jahren plötzlich vor mir standst. Durch all die Jahre hindurch hatten mich meine Eltern über dich auf dem Laufenden gehalten. Ich wusste über alles Bescheid. Deine körperliche und schulische Entwicklung. Über dein Schach- und Orgelspiel. Über deine Leseleidenschaft. Über deine herausragende Intelligenz und auch über dein Aussehen: du wurdest deinem leiblichen Vater immer ähnlicher. Ich habe alles in diesen Mappen hier gesammelt. Ich hatte alles, und doch hatte ich dich nicht. Du warst mir nah und doch so fremd. Ich kannte deine Stimme nicht. Bald hatte ich Angst, dir zu begegnen. Ich wusste nicht, wie du zu mir sein würdest.

Christian riet mir, meine Gedanken aufzuschreiben und auch in den Sammelmappen abzulegen. Das tat ich auch. Dort. Du kannst alles nachlesen. Wenn ich es aufgeschrieben und abgelegt hatte, wurde ich dich wieder los, Ties. Ich weiß, das klingt hart. Aber da war mein normaler Alltag, meine Kinder – es wurden immer mehr – und Christian, die Verwandten, die Freunde. Wenn ich mich mit dir beschäftigte, erfasste mich eine Lethargie, eine Tagträumerei. Ich sonderte mich ab und entfremdete mich allen anderen. Das durfte nicht sein.

Bei unserer plötzlichen Begegnung an der Gartenpforte geriet ich in Panik. Du sahst aus wie dein Vater. Du hattest auch seine Stimme. Und du sprachst mich so freundlich an. Ich aber war völlig hilflos, mit dir normal zu reden. Ich stammelte das aus mir heraus, was wir uns zurechtgelegt hatten: ‚Leb du dein Leben, lass mich meins leben‘. Verkrampft hielt ich mich an der Gartenpforte fest. Und zugleich drückte ich sie zu. Ich wollte dich nicht in mein Leben lassen. Ich hatte Angst, dass ich das nicht überleben würde.

Was ich dann noch gesagt habe, hat mir später leidgetan: ‚Komm nicht wieder‘. Wozu habe ich das gesagt? ‚Vielleicht später mal, Ties.‘ Das hätte ich dir sagen sollen. Nun aber war es raus, und du fuhrst davon.

Ich starrte dir nach bis zu Biegung, wankte auf mein Bett und weinte, weinte um dich, Ties, das erste Mal weinte ich um dich. Christian kam vor den Kindern nach Haus: ‚Schreib auf, was dich bewegt, Cathrine. Ich kümmere mich um die Kinder‘.

Danach wollt ich von den Eltern möglichst wenig über dich erfahren. Die haben das auch gespürt. Vielleicht hast du mit ihnen über unsere Begegnung gesprochen. Jedenfalls kamen nur noch spärliche Nachrichten, und wenn die Eltern hier waren, beschränkten sie sich darauf, mir zu sagen, dass es dir sehr gut geht, und wandten sich unseren Kindern zu.

Dann zu Mutters Beerdigung. Da sah ich dich das nächste Mal wieder. Groß warst du geworden und sahst in dem schwarzen Anzug streng und unnahbar aus. Du kamst mit Pastor Rohwedder in den Konfirmandensaal, gingst dann neben ihm und Vater im Trauerzug. Du warst für mich und keinen anderen ansprechbar. Nur mit Vater hast du leise geredet, auch am Grab. Ich sehe dich immer noch da stehen mit deinem Blumenstrauß, lange und versonnen. Und wie du dann den Strauß ins Grab gelegt hast, habe ich gedacht: ‚Ties hat seine Modder-Mia geliebt. Sie war ihm seine Mutter. Jetzt hat er keine mehr' – das ging mir durch den Kopf. Und: ‚Mich wird er als Mutter nicht haben wollen, dafür ist es zu spät'.
Bei der Nachfeier saßest du am Tisch der Alten und hattest keinen Blick für uns. Erst später habe ich von Vater erfahren, dass die Beziehung zwischen dir und Jens-Peter und seiner Familie tief gestört war – nicht nur wegen des verschwundenen Blumenstraußes. Elfriede Ketelsen hatte ihm erzählt, was sie erlauscht hatte.

Und das bestätigte sich bei unserer dann letzten Begegnung, der Beerdigung von Vater. Als ich dich nicht im Konfirmandensaal, dann auch nicht in den Bankreihen entdecken konnte, kochte ich vor Erregung: das konnte nur das Werk von Jens-Peter gewesen sein. Dann sah ich dich auf der Orgelbank und war glücklich. Ich hörte, wie du die Orgel anschlugst. Schon während des Gottesdienstes habe gedacht: ‚Der Organist hat aber ein feines Gefühl dafür, wie bei dieser Trauerfeier zu spielen ist‘.

Du kamst verspätet mit dem alten Pastor Rohwedder zum Grab. Ihr hieltet inne. Dann ihr Drei auf dem Weg zur Pforte: Ties, ich war stolz auf dich: Mein Sohn, ein Mensch, wie ich ihn mir wünsche. Er lebt sein Leben. Ich sehe, er lässt sich durch nichts und niemanden dabei beirren!

Der Wermutstropfen ließ nicht lange auf sich warten. Beim Notar Arne Nielsen warst du gar nicht erst erschienen. Deine Abtretungserklärung passte in das, was ich auf Vaters Beerdigung von dir erlebt hatte. Deine beiden Türen habe ich an mich genommen, ihr werdet sie nachher sehen. Aber wie sollte ich nun etwas von dir erfahren oder mit dir in Kontakt treten. Arne sagte mir, dass du in Göttingen studierst. Dort warst du aber im Umzug begriffen und würdest dich sicher bald mit neuer Anschrift melden. Nach einigen Monaten fragte ich bei ihm telefonisch noch einmal nach. Da warst du aber schon nach Kiel gewechselt, und wieder konnte er mir keine nähere Auskunft geben, außer, dass du ihm nach Frau Malinkats Wegzug nach Lauenburg, die Betreuung und Verwaltung der inzwischen zu einer Ferienwohnung umgestalteten 1 ½ Zimmerwohnung gänzlich übertragen hättest mit der Bitte, den Reinerlös stets einer Organisation zu spenden, die sich kranker, behinderter, verwaister Kinder annähme.

Danach gab ich es auf; ich wusste nicht mehr weiter. Auch gingen unsere Kinder in die Ausbildung oder zum Studium. Und wenn du mir mal in den Sinn kamst, setzte ich mich hin und schrieb wieder eine Seite für meine Sammelmappe.

Dann dein erster Brief, Marie. Du weißt nicht, wie oft ich diesen und auch den zweiten gelesen habe. Ich habe dir ein großes DANKE geschrieben auf eine Karte mit Blumen aus meinem Garten. Ein bisschen hatte ich gehofft, wenn du deinem Vater die Blumenkarte zeigst, wird er die Blumen wiedererkennen.

Ich konnte und wollte nicht mehr schreiben. Ich hatte Sorge, irgendwie etwas Falsches zu schreiben, was dich, mehr noch deinen Vater stören und damit abhalten würde, mit mir, mit uns Kontakt aufzunehmen.

Dann die Todesbotschaft von Marten. Sünje, das gab mir als Mutter einen Stich ins Herz. Wie kann eine Mutter, ein Vater, eine Schwester das ertragen. Wir haben gesehen, wie sehr Martens Tod dich verletzt hat, Sünje. Auch euern Schmerz habe ich gesehen, Ties und Marie. Und auch ich war tief traurig, denn Marten war und ist mein ältester Enkel. Ich hatte mich schon darauf gefreut, ihn kennen zu lernen.

Wir wollten bei euch sein und euer Leid mit euch teilen. Doch als du, Sünje, einfach nicht mehr konntest, wagten wir es nicht, zu euch zu kommen, wozu wir vorher entschlossen waren.

Deine Briefe, Marie, der Tod von Marten – auf einmal warst du mir so nahe, Ties, so entfremdet du mir schon warst. Ich meinte, dich zu fühlen und deine Frau und deine Tochter Marie. Und in ihrem Brief über Marten auch ihn.

Ihr seid gekommen. DANKE. Ihr bleibt heute, morgen und übermorgen bei uns. DANKE. Morgenabend kommen alle unsere Kinder hierher, um mit euch ein Fest zu feiern. Christian hat dem Fest ein Motto gegeben: Die Heimkehr der verlorenen Mutter und des verlorenen Sohns. Mir klingt das zu fromm, und doch: es stimmt schon.

Jetzt beginnen wir zu feiern, Ihr holt euer Gepäck aus dem Wagen und bezieht die Gästezimmer. Christian und ich richten das smørbrød – hier im Garten."

Ties, Sünje und Marie staunen nicht schlecht, als sie vor den Türen zu den Gästezimmern stehen: zu dem großen führt die breite Tür mit dem Monogramm in der Kassette und zum kleinen Giebelzimmer die schmale von Ties Schlafkammer in Schafsbüll.

Ŧ